大鱼文化传媒 大鱼文学

萌字号学院

西雨客◎著

河北出版传媒集团
花山文艺出版社

图书在版编目（CIP）数据

萌字号学院 / 西雨客著. -- 石家庄 : 花山文艺出版社, 2015.9
ISBN 978-7-5511-2487-4
Ⅰ. ①萌… Ⅱ. ①西… Ⅲ. ①长篇小说－中国－当代Ⅳ. ①I247.5
中国版本图书馆CIP数据核字(2015)第209832号

书　　名：萌字号学院
著　　者：西雨客

策划统筹：张采鑫
特约编辑：方嘉婕
责任编辑：卢水淹
责任校对：齐　欣
封面设计：李雅静
内文设计：李雅静
美术编辑：许宝坤
出版发行：花山文艺出版社（邮政编码：050061）
（河北省石家庄市友谊北大街330号）
销售热线：0311-88643221/29/35/26
传　　真：0311-88643225
印　　刷：长沙鸿发印务实业有限公司
经　　销：新华书店
开　　本：880×1230　1/32
印　　张：6.75
字　　数：140千字
版　　次：2015年11月第1版
2015年11月第1次印刷
书　　号：ISBN 978-7-5511-2487-4
定　　价：18.00元

目录 contents

星期一　星期二　星期三　星期四　星期五　星期六　星期日

【一】奥尔多·乔薇丽亚号……001

【二】第一课……016

【三】追列车的人……034

【四】第一大厨……051

【五】蝴蝶培养计划……072

目录
contents

星期一 星期二 星期三 星期四 星期五 星期六 星期日

【六】双人越野比赛……094
【七】最后一节车厢……118
【八】列车危机……137
【九】城市里的碰撞……152
【十】勇士小队，出击！……166
【十一】向着远方……190

1

亲爱的蓝小朵同学：

你好！

我们了解到你目前的状况，知道你对入读哪所高中的事很是苦恼。鉴于你优秀的个人品质和良好的心理素质，在此，特诚意邀请你入读奥尔多中学。奥尔多中学是一所注重实践的学校，我相信你肯定能在这里发现你感兴趣的东西。如果你有意前来或有需要咨询的地方，请联系我们学校的纳多先生，他会给你一个详细的答复。

最后，不论你如何选择，我都要深表感谢，感谢你看完这封唐突的、也许有点儿荒唐的邀请函。

纳多先生的电话是：×××-××××××××。

祝你

学业进步！

奥尔多中学校长 奥尔多·良

××××年8月3日

蓝小朵一时间蒙了。

就在刚刚，她读完从邮递员手中拿到的这封收件人一栏用流畅的金字写着“蓝小朵亲启”的信。

“邀请我入学？”她自言自语着，“这不会是一封恶搞信吧？”

但是谁会这样捉弄自己呢？自己只不过是个正在为升学而苦恼的普通学生。这信纸精美、厚实，看起来也价值不菲的样子。奥尔多·良又是谁？这个名字听都没听过……蓝小朵思考着。

在蓝小朵眼中，这封信突然变得诡异起来，带给她一种说不清道不明的奇怪感觉。寄信的人不但知道她的姓名、家庭住址，连她目前最头疼的事情都知道得一清二楚，这让她冷不丁打了个哆嗦。

蓝小朵四下里瞅了瞅，见没人注意她，就把信纸重新塞进信封，咬着牙，一狠心，走到垃圾桶旁，将信封丢了进去。

到了晚上吃饭的时间。

“旁边的十三中怎么样？”蓝爸爸说。

“听说师资力量不行。”蓝妈妈回答道。

“市区的十一中呢？”

“我去打听了，蓝小朵的成绩不达标。”

“那三中？”

“三中学费出了名的高，你又不是不知道。”

蓝小朵一边吧嗒吧嗒地吃着米饭，一边听着爸妈讨论适合自己的高中，不知怎么，心情一下子低落下去。她把筷子插进米饭里，戳动着，然后挑出米粒，一粒粒地扒进嘴里。

“那上哪所啊？眼看就要开学了，再不决定，怕是各所学校的招生工作都要截止了。我看……不如就多花点儿钱，送小朵去所好一点儿的学校，起码学习氛围好一点儿……”蓝爸爸咬牙说道。

蓝妈妈沉默了，然后微微点点头，就问蓝小朵：“小朵，你自己有什么想法？对将来有什么规划吗？你说出来，我跟你爸会考虑一下的。”

蓝小朵低着头，不回答，继续吃米粒，一粒一粒地吃，吃着吃着，觉得米粒模糊了起来。她吞下米粒，小声说：“没有。”

可是不知道为什么，这两个字一出口，仿佛掏空了蓝小朵的心，她的眼泪在眼眶里疯狂地打转儿。

蓝妈妈发现女儿在哭，先是吓了一跳，然后担心地说：“小朵，你怎么了？有什么事跟妈妈说啊！”

蓝爸爸知道女儿不好受，把手放在她头上，轻轻拍了拍。蓝小朵想说“没事的”，但是这一刻，她怎么都说不出话，眼泪大滴大滴地滑落。

她搁下筷子，捂住嘴巴，就跑出了家门。

外面的路灯很暗，空气里掺杂着让人烦躁的气息。蓝小朵跑到没人的地方，终于放声大哭。她蹲在地上，鼻子抽动，哭得喘不过气来。

她真的很难过，家里的情况她也知道，并不富裕，所以为自己上学的事而给父母带来更大的压力，是她所不希望的。她只是觉得无能为力，再一次厌恶起自己来。

思索了很久，她擦干眼泪，站起身，准备回去。她决定不让父母花冤枉钱。

蓝小朵正走着，忽然发现身旁有个垃圾桶，正是她丢掉信封的地方。莫名地，她再次产生一种奇怪的感觉，她感觉自己必须把这封荒唐的邀请函拿给父母看。

也许……

能有“也许”吗？

蓝小朵打开垃圾桶的盖子，屏住气，翻找了几下，就看到了静静躺在里面的信封。她掏出它，飞快地朝家里跑去。

刚一开门，蓝小朵就跟蓝爸爸撞了个满怀。

“小朵，我正准备出去找你呢。”蓝爸爸一脸担忧，“有什么事要跟爸妈商量，知道吗？”

蓝小朵眼睛红红的，她点点头，就把手里的信封递给了蓝爸爸。

“这是？”

“这是我今天收到的信，说……邀请我入学，我觉得是骗人的……就丢进了垃圾桶……刚才想了想，还是决定拿给你们看看，就捡了回来……”蓝小朵低着头，紧张地解释。

蓝爸爸疑惑地打开，见是一张精美的信纸，有些错愕，看完上面的字后，渐渐皱起眉头：“蓝素，你来看看，我怎么觉得这个校长的名字这么熟悉呢？”

蓝妈妈把正洗着的碗放一边，走过来瞧，第一眼看到“蓝小朵”几个字，同样很错愕，但看到校长的大名后，不禁吃惊地叫了一声。

蓝小朵的心脏猛地跳了一下。

“奥尔多·良！”蓝妈妈用手捂住了嘴，不敢相信地喃喃，“难道是那个奥尔多·良？”

“哪个？”蓝爸爸忙问。

“就是多良中学的创建者啊！”蓝妈妈接过邀请函，小心地托着，仔细看起来。

蓝小朵的呼吸都要停止了，她待在原地。虽然她不关注什么学校，但多良中学的大名她还是知道的，因为全国顶级高中里，如果多良中学排第二，没学校敢排第一。

可是……这个最顶尖中学的开创者居然邀请自己入学……蓝小朵实在无法相信，就结结巴巴地说：“也许这个人只是……重名吧！”

蓝妈妈想了想，也开始不解：“这个奥尔多中学我还真没听过，不过，先联系一下这个纳多先生吧。”说着，蓝妈妈就拨通了信纸上留的电话号码。

电话“嘟嘟”响了几声后就接通了。

蓝妈妈看了看蓝爸爸，又跟蓝小朵交流了下眼神，按下免提，就问道：

“请问，您是纳多先生吗？”

“嗯，我是纳多，您是想咨询奥尔多中学的事吧？”

“嗯，是的，我女儿蓝小朵收到一封来自奥尔多·良先生的邀请函，可奥尔多中学我可没听过。”

“是这样的，奥尔多·良先生创办的奥尔多中学是今年新建成的学校，所以这是第一次招生。不瞒您说，这所新学校是一所寄宿制学校，可能跟传统学校的教学模式不太一样，又因为是新学校，所以想邀请一些学生来试学。”

听到“试学”两个字，蓝妈妈脸色有些难看了。蓝小朵听得清楚，她落寞惨然地低下头。

原来邀请自己的目的是试学，这跟实验室的小白鼠有什么区别？好运怎么可能落到自己头上？别痴心妄想了！

就在蓝妈妈发火想要挂断电话时，对方又说：“您听我解释……第一点，虽然是试学，但是依托多良中学的师资力量，奥尔多中学会差吗？您也知道，多良中学的老师们都是什么水准，‘试学’两个字虽然不好听，但是并不代表不是好学校嘛；第二点，孩子可以试学一年，如果在这一年里对我们的教学模式和校园生活有任何不满的地方，第二年可以选择退学，当然，我们会做出让您满意的补偿，除了可以让孩子免费入学多良中学外，还会补偿一笔丰厚的试学金。”

电话那头的声音顿了顿，继续说道：

“我们并不是寄出了很多邀请函，因为在发布招生简章后，很多家长已经慕名而来。为了给更多孩子一个机会，我们才会选择寄出邀请函的方式。而在寄出为数不多的邀请函前，我们对很多学生进行了调查，墨守成规的学生不是我们希望培养的，所以您女儿能收到邀请，说明她素质很不错。当然，这个素质并不是指学习成绩，它包含了很多方面。关于奥尔多中学，建校宗旨就是培养实践型的人才，而不是只会考试的机器。我刚刚查了下蓝小朵同学的信息，她曾经在学校野营时表现良好，还曾经跟朋友一起背包旅行过半月之久，这些都表明蓝小朵就是我们想要培养的学生，她很棒！”

蓝妈妈的脸色从方才的不满转为惊讶。

对方一股脑儿地说出了蓝小朵试学的各种情况和条件，让她一时间不知该如何回答。

她看了看蓝爸爸，蓝爸爸皱着眉，又看了看蓝小朵，蓝小朵也低着头。

“纳多先生，麻烦您先等一下。”蓝妈妈捂住电话，小声问，“小朵，你觉得怎么样？”

蓝小朵感觉自己简直像坐过山车，从期待到失望，又在整个心坠入冰谷后，被重新点燃了希望。此时她心里忐忑不安，又充满了劫后余生的惊喜。甚至最后听到纳多先生夸奖自己，更是耳朵都发烫了。

她红着脸，抬起头看向蓝妈妈，一脸倔强地说：“妈，我想去。”

蓝妈妈对蓝小朵的回答有些惊讶，想了想，再次问：“小朵，你真的想去？你想好了没有？要是不满意试学的话，虽然最后可以去有名的多良中学，但是也浪费了一年时间。一年时间虽说很短，但也很重要的……”

蓝小朵毫不犹豫地、坚毅地再次说：“嗯，我想去！”

蓝妈妈跟蓝爸爸对望一眼，就对着电话说：“纳多先生，我们愿意接受这次邀请。”

电话那边传来兴奋的声音：

“谢谢您和您女儿的支持和理解，奥尔多中学一定会调来最优秀的老师，给学生提供最特别、最优质的校园生活。既然您接受了邀请，为保证双方的权益，我会在两天后给您寄出一份合约。合约上会注明报名的手续和奥尔多中学的地址。您需要在报名当天，也就是 9 月 1 号带着蓝小朵同学到达奥尔多中学。切记，9 月 1 号一定要抵达。最后，祝您和蓝小朵同学每天都有好心情！”

2

深夜。

一袭黑衣。

一个男人双手交叉抱于胸前，在路灯下等待着。

昏暗的黄光倒扣而下，像一张细密的大网。

远处响起一阵急促的脚步声，一个戴着狼面具的黑衣人从阴影里走了出来。

这是男人等的最后一个面具人成员了。

早已到来的其他面具人从男人身旁的黑暗里走出。

男人清了清嗓子，绅士般地朝这些人行了一礼，他的声音透过变声器，显得十分低沉：“感谢你们的到来，感谢你们接受我发布的任务。关于报酬，任务完成后，我会支付给你们每人这个数。”

男人伸出三根手指，说：“三十万英镑。”

面具人们显然没想到报酬会有这么多，可他们却都沉默了。

报酬越多代表着任务的危险性越高。

男人像是猜出了他们的心思：“我支付的报酬并不对应任务的危险度，这个任务对你们来说应该轻松至极。”

“任务是什么？”最后到来的狼面具人问。

“跟着我，帮我收集一种东西。”男人突然笑了起来，笑声粗哑。

灯下蛾影蹿动，飞蛾时不时撞向悬空的灯罩，被炙热的灯泡灼伤掉下来。路灯在它们的撞击下，突然发出“噼啪”一声响，光线闪了闪，显得更亮了。

男人戴着一张猿猴模样的面具。他抬起头，看着空中盘旋的飞蛾，藏在面具下的双眼，闪烁着隐晦的光。灯光下，“猿猴”微咧着大嘴，露出参差不齐的牙齿，像在诡异地笑。

时间眨眼而过。

8 月 31 日的晚上，蓝小朵跟着爸妈上了一辆长途客车。

奥尔多中学位于德莱美因市的中心，距离蓝小朵生活的小县城大约五百千米。客车弯弯曲曲地行驶了一夜，在第二天清晨开进了车站。

德莱美因市位于大河下游，又濒临海洋，交通发达，一直以来都是周边最繁华的城市。

透着袅绕的露气，城市里层层叠叠的高楼大厦在清晨的阳光的映射下，泛着迷蒙的光辉，一排排车辆井然有序地在马路上游走，路旁的行人匆匆赶路。

蓝小朵瞅着这个陌生的地方，心里突然有一股想要奔跑的冲动。她脸色微红，蓝蒙蒙的马尾辫一蹦一跳，一如她此刻的心情。

蓝小朵一家根据地址，一路找去，中途吃了早餐，休息了一会儿，继续寻找，才终于找到了合约上注明的地址。

但是，这个地址没有写错吗？真的没有弄错吗？

蓝小朵一家一起目瞪口呆地看向前方。

前方确实竖着一块巨大的石标，上面写着——奥尔多中学。

可是这石标后哪里有学校的影子？除了一栋五层小楼，就只有一条条纵横交错的火车铁轨了。

其实这个时候，已经有不少人进进出出了。

蓝妈妈捋了捋头发，走向石标旁的几位警务员，笑着向其中一位问道："您好，请问，奥尔多中学就是这里吗？"

对方点点头，指着小楼："您是来报名的吧。这里就是奥尔多中学，报名请去那栋楼的一楼大厅。"

蓝妈妈说了声谢谢，再环顾四周，奥尔多中学简直是一无所有。她眼前有点儿眩晕，心里琢磨：难不成真是被坑了？想到这儿，她转身拉着蓝小朵，急忙朝那栋楼走去，打算详细质问一番——这哪里是校园啊？

一家人走向那栋楼的时候，蓝小朵却轻轻“咦”了一声，从地上捡起一个粉色手包。她抬头看了看前面，一个女生艰难地拉着一个巨大的旅行箱，箱子的拉链赫然裂开了一个口子。

“嗨，你的东西掉了！”蓝小朵朝女生喊。

女生转过头，拉着箱子来到蓝小朵身前，接过手包，无比感激地说：“谢谢你啦，你看我多么不小心，这拉链肯定是坏神奇宝贝搞的鬼。认识你真好，我叫平安。”说完，她就朝着蓝妈妈和蓝爸爸礼貌地问候起来，“叔叔阿姨好！”

蓝小朵有点儿不明白对方说的“坏神奇宝贝”指的是什么。等她仔细打量这个女生后，却发了一下呆，因为这个女生长得实在太可爱了。

女生大约矮蓝小朵半头，穿着一条红色的长裙，顶着蓬松的黄色小鬈发，戴着一枚粉红色的维尼熊发卡，笑起来时，露出两颗尖尖的小虎牙，俏皮中透着一丝腼腆和可爱。

“我叫……蓝小朵！”蓝小朵红着脸，微微低下了头。

蓝妈妈笑着说：“平安，你是来报名的吗？怎么一个人来啊？让叔叔帮你拉箱子吧。”

平安想说不用，但是蓝爸爸已经走过去拉起了她的箱子，她只得感激地鞠了一躬，回答：“谢谢叔叔和阿姨，遇到你们真的太好了。我家在附近，爸爸妈妈本来也要送我过来的，可他们正好生意上有些事，就让我自己来了……”

说着，几个人一起走向报名处。

蓝小朵跟平安并排走在最后。蓝小朵小声问：“平安，你知道这铁轨是怎么回事吗？难道这里是临时报名处？”

平安有点儿不满地说：“我也不知道，当时我爸说送我去一所很厉害很特别的学校，结果我到这儿一看就傻眼了。可是……我爸爸妈妈从来不骗我。”

听到这里，蓝小朵愣了愣：“你是收到邀请函才来的吗？”

“邀请函？”平安不解地说，“不是，是我爸爸非要我来的。”

“哦。”蓝小朵想到纳多先生的话，没再说什么。

大家走进大厅，蓝妈妈拿出之前收到的合约递给窗口的工作人员，脸色阴沉，不太友好地问：“我想请你们给我一个解释，为什么奥尔多中学是这个样子？”

工作人员有点儿为难，刚想解释，就听一个声音接过蓝妈妈的话：“这位女士，您好，我是这次招生工作的负责人，您可以叫我纳多先生。”

一个挺着肚腩、耳垂厚大、满面容光的男人走了过来。他递给蓝妈妈一张名片：“也可以叫我朱老师，我是奥尔多中学的生物老师。”

精致的铜质名片上刻着原多良中学特级教师的荣誉称号。蓝妈妈一眼瞅见了，心里稍微踏实了一点儿，但是仍不放心：“我们把孩子交给你们，是出于信任，如果您不能给我一个合理的解释，我们绝对不入学。”

蓝妈妈说这话的时候，声音如钢豆，掷地有声，整个人仿佛幽海般深邃、寒冷。

朱老师有点儿尴尬，下巴上的肥肉微微地颤了颤：“其实，奥尔多中学的校园并不在这里，它在另一个地方。”

蓝妈妈听得迷糊，眯起眼睛问：“哪里？”

“就要来了。”朱老师神秘地笑起来。

这时，外面有人吹了一声嘹亮的口哨。几十个警卫人员不知从哪里跑了出来，跑向不远处的铁道旁，垂手而立。

广播里响起一阵警示声：

“请各警卫维持好秩序！请各警卫维持好秩序！”

所有的家长和孩子吃惊地看着这一幕。就在有人忍不住发问的时候，朱老师抚着肚子，笑着大喊：“来了！”

仿佛从无比遥远的地方，缓缓地传来了沉闷的鸣笛声。声音仿佛渐近的雷声，“轰隆隆、轰隆隆”地回响在每个人的心头。

远方，那铁轨延伸而去的远方，像是有一头威武的巨型猛兽，带着无可匹敌的气势，低吼着、咆哮着，疾驰而来。

这一刻，蓝小朵瞪大了眼睛，平安紧张地捂住了嘴巴，蓝妈妈和蓝爸爸以及在场的其他家长都傻在了那里。

又是一声沉闷的低鸣，这头“猛兽”，不，这辆银白色的列车就“哐当哐当”缓缓驶了进来。威风凛凛的银白色车头在阳光下闪耀着璀璨的光芒，车厢倒是被黑色的幕布紧紧遮盖住了。

天哪！
我在做梦吗？
大家好，
欢迎乘坐本次列车！
奥尔多•乔薇丽亚号
天啊！
哦——
哇——

在场的人瞬间都骚动了起来。

每个人都被这辆气派的列车所折服，赞叹间，不停揣测着它到此的目的。

蓝妈妈脑海里猛地掠过一个不可思议的念头，她求证似的望向朱老师，见对方朝她开怀一笑。

朱老师朗声说道：“请大家安静一下！”

这时，列车终于停稳。车头的水晶车门在“咔”的一道脆响中被打开了，一个穿着黑色西服的男人踏出了半步。他绅士般地朝大家鞠了一躬，然后挺起胸，高声说道：“欢迎乘坐本次列车！”

话音一落，准备好的礼炮被警卫们拉响，“嘭嘭嘭”地在列车上、在众人的头顶炸响，撒下漫天的彩带。

那男人伸手一挥，车厢上那用来遮盖东西的黑色幕布，就齐刷刷落了下来。

一瞬间，一节节锃亮的银白色车厢暴露在阳光下，竟映得众人睁不开眼，光芒流转下，犹如一条美丽高贵的苍龙。

蓝小朵瞪大双眼，惊奇地看去，发现前几节车厢上赫然铭刻着蓝绿色的大字。

这些大字同样闪耀在阳光中，它们仿佛在这一瞬间，拥有了无穷的生命力，排列着、呼喊着，吼出了一个响亮的名字——

奥尔多·乔薇丽亚号。

【二】 第一课

1

蓝妈妈跟诸多家长一齐看向朱老师。

朱老师微笑着解释:“你们没有看错,这辆列车就是奥尔多中学。”

这句话又引起人群一阵轩然大波。

“奥尔多中学是一所特殊的高中，这是大家都有所了解的。”朱老师摸了摸大肚子，继续说，“奥尔多中学创校之初，奥尔多·良先生找到我们，就是想要建立一所注重实践、突破国内传统教学模式、培养实践型人才的学校。我们在这一年里建立了庞大的数据库，进行了无数次的商讨和研究，终于决定将墨守成规的校园操场和死板的建筑，变成这样一辆多功能列车。我们计划带学生去很多地方，我们计划培养他们拥有独立自主的能力，我们想让他们更坚强，更有韧性！”

人群的骚动渐渐平息下来，但是依旧有家长不满。

“朱老师，难道为了打破传统教学模式，必须把校园建在这辆荒唐的列车上吗？”一位男家长不客气地哼了一声。看他西装革履，想必颇有身份。

朱老师毫不在意，胖胖的脸上依旧挂着笑：“不是必须，但这是我们商量得出的最合理模式。首先，这辆列车并不荒唐，它经过改造，能充分满足学生们上课、饮食、休憩、游玩的需求。我想国内，不，全世界都没有哪一所学校敢说比奥尔多中学更能激发学生们的学习兴趣了。”

说到这里，他有意无意地看向了孩子们。

其实，孩子们比大人们震惊多了。特殊的列车学校，在孩子们眼中，是难以想象的，是无比疯狂的！

在一年又一年枯燥的学习生活中，哪个孩子不想换个学习环境，不想疯狂一下，做自己想做的事，好好来一场旅行呢？

这也许是许多孩子做梦都想要去尝试的事。

蓝小朵已经从震惊中回过神来，她脸色潮红，心脏急促地跳动着。她是真的没想到，接下来的校园生活会在一辆列车上度过。

她心跳极快，仿佛心中有一股气要释放出来。即使她是女孩子，但是依旧有一种渴望，渴望拥抱自由和梦想。

平安好像更加惊讶和兴奋，瞪大的眼睛闪动着灼人的光芒。这里的每个孩子，不论女孩子还是男孩子，这一刻，脑子里都只有一个念头：我想上车，我要上车！

“其次……”朱老师慢慢走了两步，才指了指自己以及那些正朝自己走来的戴礼帽的男人，“我们代表奥尔多中学的所有老师，向你们保证，孩子们在奥尔多中学必定能公正平等地享受教学资源，而这个，也是奥尔多·良先生对我们的第一要求。当然，选择权在您和您的孩子。慕名而来并合格，加上校方邀请的学生，一共占用了一百五十个名额。不论今天空缺多少，奥尔多中学，也就是奥尔多·乔薇丽亚号，都会在四个小时后出发。”

朱老师已经说得这么明白了，那位男家长一时哑口无言。

这时，其中一位戴礼帽的男人迈着长腿，不急不缓地走到朱老师旁边，摘掉礼帽，朝着家长们鞠了一躬：“大家好，我是奥尔多中学的马老师。”抬头时，他薄而坚毅的嘴角弯了起来，那明亮的眼睛都仿佛在笑，“我们是老师，我们比任何人都了解学生，所以，请相信我们！”

家长们看着马老师真诚的表情，回味着这信誓旦旦的话语，都沉默了。

“如果没有其他的疑问，还是继续办理入学手续吧。”朱老师笑着说。

人们终于慢慢散开了。

蓝妈妈和蓝爸爸在大厅办理档案交接。

马老师换了一身行头，穿着白色的衬衫，打开了奥尔多·乔薇丽亚号第一节车厢的门。学生们则要去列车上领取自己的座位号和床位号。

摸着华丽的水晶车门，蓝小朵红着脸登上了这辆梦幻般的列车。

平安小脸更红，无比兴奋地感叹：“我的天哪，蓝小朵，你说，我们是不是在做梦？我们的校园居然是辆列车！”

“天哪！”平安再次喊了一声，捂住脸，在白色的车厢里打转儿，任红色长裙飘动，“你知道吗，我的预感告诉我，这将会是一次疯狂的旅程，而我肯定能寻找到属于我的口袋宝贝！”

“平安，你要找……‘口袋宝贝’？”蓝小朵终于忍不住问，“那是什么？”

“对啊，口袋宝贝是人类的好朋友，它们是我们的宠物，也是我们的战友。”平安难掩兴奋地看着蓝小朵，眼睛放光，“我就想找一个这样的战友。难道……难道你也有口袋宝贝吗？”

“啊！”蓝小朵心里琢磨，这不是动画《神奇宝贝》的情节吗？她恍然大悟，原来平安是动漫爱好者。她马上摇着头，解释说，“不不，我没有，我只是比较好奇。”

“亲爱的女孩儿们！”马老师朝着堵在门口让别人上不了车的蓝小朵和平安喊，“快点儿过来看看你们的教室和寝室在哪节车厢吧。”

两个人羞红着脸，朝车厢里的马老师跑去。

车厢内的构造跟普通列车的一点儿也不一样，那种两排座椅全都撤去了，让人觉得十分宽敞，地面铺上了暗红色印花地毯。车厢中间摆放了两张精致的长方形棕色木桌，车厢后部还竖着一个棕色的镂空屏风，隐约能看到第二节车厢。车窗也经过了改造，变得更大，更方便开关，蓝色的窗纱静默地垂在两侧，给整个车厢增添了一些清新的感觉。

往上面看，车厢顶部挂着一丛丛绿萝，那些妖娆鲜绿的叶子纠缠着，贴在粉红色的玻璃支架上，将车厢修饰得更加有活力。

一切都充满生命的味道，让蓝小朵忍不住深深地吸了一口气。

等大部分孩子都涌进这宽敞的车厢，马老师扶了扶眼镜，扫过这上百名充满青春朝气的面孔，笑着说："奥尔多中学第一期学生，预计一百五十人，男女比例大约一比一，我们会分出五个班级和五十个寝室。"说到这里，马老师坏坏地一笑，站起来，走到屏风处，将屏风的背面慢慢转了过来，接着，他往旁边一闪，高声说道，"你们记住，在奥尔多中学，是不能墨守成规的，所以，为了让你们懂得创新、适应即将面对的各种突发状况，现在你们可以自己选择班级和寝室。寝室胸章，男生只能拿 26 号到 50 号的，女生是 1 号到 25 号。还有，男生寝室分双人间和四人间，女生则通通是三人间。祝你们好运！"

翻转过来的屏风后面，整齐地悬挂着一枚枚写着数字的水滴状胸牌。上面赫然写着班级号和寝室号。

在场的学生们，先是欢呼一声，紧接着就着急地"哇哇"大叫起来，争先恐后地朝屏风扑去。

场面那叫一个激烈！

男生们身手敏捷，跑得快，赶在女生们前面抢到了自己想要的序号，但是也有个别男生很平静，静静地看着、等待着。女生们呢，虽然想扑上去，但又害怕有损形象，只能跺着脚干着急。

蓝小朵见平安小嘴巴嘟着，一脸委屈，便哀叹一声，发挥出自己的优势，冲入了男生包围圈。

等蓝小朵脸不红气不喘地回到平安身边时，平安几乎对蓝小朵的果敢和勇气崇拜到了极点。

“蓝小朵，你好厉害啊！”平安眨着水汪汪的大眼睛。

蓝小朵红着脸递给平安一个标着“3”的班级胸章，又递过去一个标着“25”的寝室胸章，甩着马尾，呵呵地笑：“现在我们一个班，还是同一个寝室哦！”

车厢里渐渐平静了下来。

马老师幸灾乐祸地哈哈一笑，说：“距离旅程开始还有一个小时，报名即将截止，能来的都已经在这里了，不想来的我们也不会强求。现在你们去 2 号车厢，文老师会给你们上第一节课。”

听到要上课，在场的学生都安静下来。

气氛瞬间就变了，所有人都猛然醒悟过来，即使奥尔多中学再特殊，即使他们身在不可思议的奥尔多 · 乔薇丽亚号上，即使这将是一场史无前例的疯狂旅途，但是，究其本质，这依旧是一所学校，是学校就要上课、就要学习、就要考试啊！

马老师想必已经预料到孩子们忐忑的心情，所以他打了个哈哈才安慰起大家来：“大家不用紧张。你们不知道，文老师也是多良中学的老师，更是那里公认的美丽温柔的好老师哦！你们肯定会喜欢上她的。”

听马老师这样说，大家都松了一口气。

蓝小朵循着马老师的目光，透过屏风瞅向 2 号车厢，见里面突然暗了下来。一个红色的身影站在极深处，抬头瞅过来，正对上她的眼睛。

这双妩媚动人的眼睛带着一丝寒意。蓝小朵心里突然咯噔一下。

2 号车厢的布局跟 1 号车厢迥然不同。阳光被车厢两侧垂下的黑色幕布遮挡了大半，昏暗的车厢中央整齐地摆放着三列白色课桌。不多不少，每列五张。

一个穿红色皮衣的长发美女，静静地站在一个从天花板吊下来的白板前，按下了一个开关。

普普通通的白板瞬间亮了起来，出现了刻着 AED 字母的水滴状标识——奥尔多中学的校徽。

而后，文老师转过身，拂了拂如瀑的紫红色长发，温柔地说：“大家好，我就是文老师。第一节课，我们不讲让人瞌睡的文言文，不讲绕口的英美方言，也不讲那些复杂的勾股定理，我们讲一些在车上的注意事项。”

文老师的声音软软的，像甜丝丝的棉花糖。车厢气氛感觉轻松极了。

蓝小朵可不觉得轻松，第六感告诉她，眼前的这个老师可不是吃素的。

几个男孩子嬉笑着，拉开课桌下的板凳就坐了上去。大家也都觉得累了，也准备坐着听老师讲课。

“啪！”

一条短短的黑色皮鞭抽在桌子上，响亮如鞭炮。

文老师优雅地收起这不知从哪儿抽出来的皮鞭，拿到胸前，一下下拍在左手心，微笑着说：“你们等我说完嘛，我其实是你们的体育老师。以后我的课，你们都必须要站着听哦！”鞭子在她手心颤动，黑色的残影冲击着所有学生的心，“当然了，第一节课就算是你们不懂，也没事哦。”

可是突然，文老师眉头一蹙，手里的鞭子又狠狠抽在桌子上：“都说了不能坐着，你们还坐着干什么？”

几个坐着的男生一个激灵，几乎是从凳子上跳了起来，一个个脸色煞白。

文老师满意地弯起嘴角，拂了拂长发，笑了笑：“这才对嘛。”说完，她疑惑地皱起眉头，噘起了嘴，“咦，你们都怎么了？别这样紧张啊，放松点儿，放松点儿，我可不会吃人哦！”

见学生们纷纷低头避过她的目光，一个个受气包的样子，文老师笑着继续说：“在奥尔多中学，文化课虽然并不看重，但也将是衡量你们今后潜力的一个小小的指标。所以，文化课的学习，你们可以省下一些心，但绝不能掉以轻心，知道吗？”

学生们急忙点头。

哇！大美女！
哇噢……
喔噢……
哟呵……
这就是人与人之间的差距啊！
同学，快告诉我，卫生间在哪儿？我晕车！

“嗯。”文老师往前走了一步，脸上的笑容消失不见，突然严肃了起来，“接下来我说的才是真正重要的，你们一定要记在心里。”

她侧着身，在白板上打开了一张缩略地图。

这是一张卫星总览图，上面分布着颇多的红点，大致的地形一览无余，但是却没有任何一个明确的名字和符号。

“这就是我们此次粗略的行程。”文老师冷冷地说，“奥尔多中学以实践成绩说话，接下来你们去的地方，也许是雪域高原，也许是无垠的荒漠，也许是幽深的森林，但你们不会一直待在列车上，你们会有很多机会出去。但，一定要谨遵老师的指导，听从集体的安排，不能擅自开展行动，这点，明白了吗？”

学生们拼命点头，异口同声地喊：“明白了！”

文老师蓦地笑起来，甜甜地说：“那接下来的一年里，希望我能成为你们的知心姐姐哦！”

所有人本能地哆嗦了一下。

“哦，还有一件事。”文老师从桌子上的文件夹里掏出点名册来，“我要登记一下你们选择的班级和寝室。”

说着，她打开点名册——

“陈墨羊几班几寝室？”

一个男生忙举手：“4 班，39 寝室！”

时间一分一秒地过去。

“唐清树。”

一个黄鹂鸟般好听的声音应道："3 班，25 寝室。"

蓝小朵和平安一愣，忙看向声音的主人，因为她们俩就在 3 班和 25 寝室。这个女生穿着一双五厘米高的白色高跟鞋，看起来要比蓝小朵还要高一点儿，披着海藻般柔顺的长发，一双大眼睛神采飞扬。

平安忍不住嘀咕了一声"大美女"。男生们顿时一阵骚动。

蓝小朵也觉得这女生实在是漂亮，她又看了看平安，才又低头瞅了下自己的穿着——一件土得掉渣的蓝色休闲外套、一条过膝的白色印花裙子、一双平底鞋，脸上止不住地烧了起来。

平安发现了蓝小朵的异样，问道："怎么了？"

蓝小朵猛地回过神来，勉强地笑起来："没……没什么啊……"只是到后来，她都听不清自己的声音了。

文老师继续点名："张景俊。"

没有回应。

"张景俊！"文老师提高了声调。

依旧没有回应。

文老师皱着眉头，拿出手机，打了一个电话，随后挂断电话，无奈地把这名字划去："朱老师那边的报名工作已经截止，张景俊同学没有来哦。"

几分钟后，文老师将点名册一收，走到窗边，按下了窗户上的一个开关。

2

“咯吱”一声，黑色幕布被滚动的轴子卷了起来。

光线毫无阻碍地重新射入车厢里，晃得学生们眯起眼睛。

此时已临近傍晚，太阳挂在低空，红褐色的光芒将天边的一层层云渲染得鲜红似火。

“现在大家可以自由活动了，不过奥尔多·乔薇丽亚号五点钟会准时出发的，所以希望你们能有一个明确的时间观念。”文老师摸了摸头发，脸上溢满了温柔的笑意，俨然一位和蔼可亲的大姐姐，“提醒一下，现在是四点一刻了哦！”说完，她抱起文件夹，一转身，朝更里面的车厢走去了。

心神紧绷的学生们顿时松了一口气，有些甚至瘫软在板凳上。蓝小朵和平安互看一眼，都觉得这次学习之旅肯定不轻松。

不过，这虽然看似是一艘“贼船”，不，“贼车”！但是，相比国内普通的应试高中，奥尔多中学可不知比它们好了多少倍呢。

想到这里，蓝小朵内心坚定起来。她拉着平安跑下车找爸妈，从列车门前的踏板上跳下来的那一刻，暖色的阳光正照耀在她的侧脸上。

红色的光芒，金黄色的一圈光晕，让蓝小朵的脸庞看起来朦胧极了。她好想高高地大喊一声，至于喊什么，并不重要，就只想将心里憋着的那股气喊出来。她大口地喘着气，眼睛里闪烁着满足又兴奋的光芒。

跳下车，蓝小朵直奔报名大厅，跑到那里，却没见到蓝妈妈和蓝爸爸，甚至没有一个家长在。正处理事务的朱老师看到蓝小朵和其他学生紧张的样子，就拍着大肚子，指了指列车，安慰着说道：“别担心，你们的家人在马老师的带领下，正在参观奥尔多·乔薇丽亚号。”

蓝小朵循着指示看去，果然看到列车后半部分聚集着很多大人。

蓝小朵气喘吁吁地跑到那儿，发现帅气的马老师被家长们围在中间，正滔滔不绝地讲解着列车的构造和布局。

可是人群中只有蓝爸爸，蓝妈妈呢？蓝小朵让平安在外面等，自己挤进了人群，拉着蓝爸爸的胳膊问：“我妈呢？”

蓝爸爸听到她的话皱起眉头：“你妈妈不是在我身边吗？”

“哎呀！”蓝小朵在闹哄哄的人群中喊了起来，“老爸，你身边哪有我妈啊？”

人群刹那安静了下来，家长们都转头看向这对父女。蓝爸爸十分尴尬，拉着蓝小朵走出人群。

蓝爸爸个子高，踮起脚往周围瞅了瞅，却没见着蓝妈妈。

蓝妈妈平时干什么、去哪里都会跟他先说一声的，可是她这次突然去了哪儿呢？蓝爸爸担心地掏出手机，拨打起来。

“丁零丁零！”

悦耳的手机铃声蓦地响起。

居然是从列车的另外一侧发出的。

蓝小朵“咦”了一声，纳闷地瞅着声音的源头。

其实人群现在的位置是在奥尔多·乔薇丽亚号的末尾车厢处。蓝小朵绕过了车尾，一眼就看到站在那儿想事情的蓝妈妈。

蓝妈妈皱着眉头，表情很是疑惑。

“妈，你在干什么？”蓝小朵三步并作两步靠过去。

“嘘！”蓝妈妈做了一个噤声的姿势，然后侧起了耳朵。

蓝妈妈的耳朵比一般人的耳朵要小要薄，在阳光的投射下，显得玲珑剔透。

蓝小朵继承了蓝妈妈的基因，耳朵也如此。虽然耳朵小，但是蓝小朵的听力却不差，甚至可以说很敏锐。她也侧着耳朵静静地听。

先是对面人群的议论声，再是自己和妈妈的心跳声，最后世界仿佛突然静了下来，在这静默的世界里，慢慢出现一个无比模糊的，“哗哗，哗哗”，犹如水流的声音。

蓝妈妈肯定也听到了这个声音，眉头皱得更紧了，她闭上眼，继续捕捉这缥缈的声响。

“哦，亲爱的蓝女士！”

一个善意的声音不急不缓地响起。

“奥尔多·乔薇丽亚号即将出发，我们必须保证大家的安全，很抱歉，参观的时候不能掉队哦。”

蓝妈妈睁开眼，见走来的是马老师和蓝爸爸。她舒展开眉头，笑起来：“马老师太客气了，我是被奥尔多·乔薇丽亚号的美丽和高贵吸引了，一时间有点儿忘了跟上你们，实在是不好意思啦。”

马老师微笑着，俊朗的侧脸沐浴着阳光，欠身说道：“谢谢您的赞美，我代表奥尔多·乔薇丽亚号和为奥尔多·乔薇丽亚号付出诸多心血的工作者，向您致以诚挚的感谢。”

“马老师，您好像没向我们介绍奥尔多·乔薇丽亚号后面车厢的情况啊？”蓝妈妈饶有兴趣地问道，“比如……我们现在面对的车厢，这里面有什么呢？”

马老师依旧微笑着：“这里有什么，原则上是保密的。因为这是我们给学生们的惊喜。这节车厢，是奥尔多中学，也就是奥尔多·乔薇丽亚号的花园。”

“花园？”蓝妈妈琢磨了一阵，就笑着摇摇头，没有再说什么，而是跟蓝小朵一起朝车尾走去。

路上，蓝妈妈喊：“小朵。”

蓝小朵还在想着马老师所说的花园，心不在焉的。

“小朵！”蓝妈妈停下，抓紧了蓝小朵的手。

蓝小朵回过神：“妈，怎么了？”

蓝妈妈捋了捋蓝小朵的头发，认真地说：“小朵，我可告诉你，既然你选择了奥尔多中学，就要努力去学习，知道吗？还有，我刚刚听马老师说，在旅途中，手机没有信号，学生很难有机会跟家长联系，所以你在车上要照顾好自己，不要把自己饿瘦了啊！”

蓝小朵撇撇嘴：“知道啦，知道啦！”

“还有，你小时候没有跟爸爸妈妈分开过，这次要分别一年，你不要……想家啊……”蓝妈妈说着停下了脚步，把蓝小朵搂在了怀里，有点儿感伤地说，“爸爸妈妈会一直想着你的。”

这话从一直刀子嘴的蓝妈妈嘴里说出来，显得十分突兀，传到蓝小朵耳朵里，却让蓝小朵的心一阵难受。她知道虽然自己没有什么优点，成绩差又调皮，但是妈妈没有嫌弃过自己，一直以来都担心和保护着自己。

蓝小朵鼻子一酸，伏在蓝妈妈的胸口，抱紧了她。

“好了好了！”蓝妈妈拍拍蓝小朵的头，替她整理了一下变得凌乱的马尾，拉着红着眼眶的她继续走起来。

几十分钟的时间转瞬即逝。

学生们的情绪都有些低落，像蓝小朵这样有父母跟来的，就会跟父母待在一起，听他们的叮嘱；像平安这样没有父母跟来的，就拨通电话跟父母道别。

平安刚挂掉电话，就泪如雨下。也难怪，这即将启程的一刻，平安的父母都不能赶过来送送她，让她觉得委屈极了。

蓝小朵拉着平安的手，安慰她。

“平安，别哭了，你爸妈不能来肯定是有原因的。”蓝小朵把平安的手攥得紧紧的，“我们现在是朋友了，我会陪着你的。”

可是，平安哭得更厉害了，她将头埋在蓝小朵的肩膀上，哆哆嗦嗦地抽泣。

“好啦好啦！”蓝小朵笑着说，“我们也快上车吧，列车就要出发了。”

蓝小朵转过身，对爸爸妈妈说：“老爸、老妈，我走了啊。”说完，露出一个灿烂得意的笑容。

蓝妈妈哼了一声：“少得意了，如果你再不好好学习，回来我可要教训你呢！”

蓝爸爸笑着打趣：“走吧走吧，我的宝贝女儿可是最棒的！”

蓝小朵上前抱了抱爸妈，就拉着伤心的平安朝 1 号车厢走去。

等学生们聚集到宽敞的1号车厢后，马老师、朱老师也上了车。文老师再次确认了学生的名单。

一切准备就绪。

所有人都望着悬挂在车厢里的一台老式雕花的黑色摆钟。

最粗的黑色指针悬在数字“5”上，分针接近数字“12”，秒针“嘀答嘀答”地走着。

这一刻，没有人说话，没有人做别的动作，都只是盯着秒针，心脏随着它的移动“扑通扑通”地跳动着。

还有十秒……还有七秒……还有一秒。

秒针彻底划过五点钟的那刻，椭圆形摆锤晃动起来。

“咚……咚……”

突然，所有人的身子晃动了一下，又晃了一下。

蓦地，周围响起一声低低的咆哮，这咆哮仿佛一道沉闷的雷声，“轰隆隆”地回荡在所有人的心头。咆哮声悠扬，带着蓬勃的生命力，荡漾间，引来了一阵呼啸的风。

起风了。

这一刻，奥尔多·乔薇丽亚号从沉睡中苏醒，在狂风中，头部亮起两道耀眼的白光，那修长俊美的身躯在落日的余晖下，闪烁着摄人心魄的赤金光芒，缓慢却雄劲地游动了起来。

家长们望着车里的孩子们。

孩子们默默地看着他们。

一个学生忍不住，突然扑到车窗上，瞅着父母，“哇”的一声哭了起来。

仿佛受到了感染，更多的学生扑过去，趴在窗户前，透过玻璃看向父母，眼泪直流。

蓝小朵并没有这样做，她静静地站在原地，望着自己的父母。蓝妈妈跟蓝小朵的目光相接，蓝妈妈笑着笑着，却突然哭了。

这吓了蓝爸爸一跳，他赶紧抱住了蓝妈妈。

蓝小朵的鼻子酸极了，但她紧紧地抿起嘴，强忍着不让泪水流出来。

奥尔多·乔薇丽亚号再次咆哮一声，以更快的速度，“游”动起来。车子开始疾驰，景色开始变换，孩子们和父母间的距离被飞快地拉开。

蓝小朵强迫自己扭过头，咬紧了牙。

她看向了远方。

此刻，眼前模糊的蓝小朵心里再次涌出一种感觉，一种仿佛解脱似的快感，就像当时她看到那信封的一瞬间产生的感觉一样。不过，在这种快感背后，蓝小朵还能感到一股疯狂的悸动，模糊不清，带着战栗的却令人向往的气息。

这一刻，她张开双臂，紧闭双眼想阻止眼泪，可泪水还是喷涌而出。

只是蓝小朵并不知道，被奥尔多·乔薇丽亚号抛在远方的蓝妈妈，在蓝小朵离开后，擦了擦眼泪，看向奥尔多·乔薇丽亚号渺小的身影，叹了一口气。

良久，不知道她想到了什么，微微皱了下眉头，但马上摇摇头，再次长长地叹了一口气。

“这里怎么会出现那种东西呢？肯定是错觉。”

【三】追列车的人

1

傍晚。

天色暗淡。

几个人影站在草地旁，几个人影倚在更远的树旁，他们都在等待着。

四周很静。

“‘老虎’和‘狗熊’怎么还没来？他们取个交通工具怎么这么久？”有人打破了寂静。

“可能‘猿猴’给我们配的装备不好操作吧。”戴着猪面具的人说道，“让我猜猜是什么？机车、越野车，还是飞机？”

“待会儿不就知道了？”一个戴着野鸭面具的人讥笑，“总要跟得上列车才行吧？”

还有人想说话，却硬生生停住了。因为这个人看到，有两架直升机出现在天际。

直升机最终停在了空旷的草地上。

“老虎”和“狗熊”从驾驶舱里跳下来，对等待的队员们做了一个“OK”的手势——

面具人小队，出发。

直升机化作两支箭，消失在天际。机舱里的面具人都静默着，有的打盹儿，有的把玩着匕首，有的则看着窗外。

他们之间，互不知道面貌以及本来的身份。

因为“猿猴”的任务，在这里，他们暂时组成了一个脆弱又互相提防的团体。

列车上。

“好了，不要伤心了！”朱老师大笑着拍拍肚子，“你们的行李已经被工作人员放置在3号车厢了，去拿吧，然后回各自寝室，跟室友好好认识认识。文老师会给大家分发两个册子，一本介绍奥尔多·乔薇丽亚号，一本是课程表格。明天就要正式上课了！”

分发完东西，再找到行李，空荡荡的车厢里已经变得冷清起来。

蓝小朵和平安拖着旅行箱，寻找自己的寝室。

朝后面车厢走去的时候，蓝小朵打开了那本介绍奥尔多·乔薇丽亚号的册子。册子很薄，没有几页。第一页是奥尔多·乔薇丽亚号的照片，银光灿灿的；再翻一页，是它的总体布局图，上面用文字作了标注。

蓝小朵忍不住感叹了一声，引得平安也凑过来看。不得不说，奥尔多·乔薇丽亚号的设计者值得让人尊敬。

奥尔多·乔薇丽亚号宽五米，总长近四百米，共有六十九节车厢。其中，1 节车厢设置成了会客厅，2 节到 5 节车厢布置成了教室，6 节、7 节车厢是老师办公室，然后紧挨着就是学生们的寝室了，8 节到 25 节，足足十七节车厢，之后，26 节到 30 节车厢是老师的寝室。

再往后面，就是占据了三节车厢的霸气的图书馆。图书馆后是实验室、餐厅、健身房、浴室等。到这里，小册子上的介绍戛然而止，关于奥尔多·乔薇丽亚号后面近三十节车厢的情况没有任何的描述，只注明了——未知。

蓝小朵和平安对视一眼，都露出疑惑和好奇的表情。

“你说后面有什么呢？”蓝小朵嘀咕了一声。

“我知道我知道。”平安双眼发亮，“肯定藏着不可告人的秘密或者……藏着一堆宝藏！”

蓝小朵对平安这种天马行空的想象力，也见怪不怪了。

“我要去探险！”平安紧锁眉头喊道。说着，她丢开了行李箱的拉杆。

蓝小朵十分头疼地拉住她：“还是先去找寝室吧，等有机会我们一起去，好不好？”

“好吧。”平安遗憾地嘟着嘴。

蓝小朵吐吐舌头，率先朝前走去。

窗外的建筑飞驰而过，渐渐出现了绿色的树林和稻田。蓝小朵知道，奥尔多·乔薇丽亚号已经带着他们远离了市区，正向原野疾驰。

红日终于落进雾蒙蒙的大地里。光线骤然消失的一刻，天花板上的灯依次亮起，黄白色的光溢满车厢。窗外的景色越来越模糊。蓝小朵领着平安穿过了教室，穿过了办公室，终于来到了寝室区。

车厢间的门同样是水晶的，一推就开了。这里的车厢构造跟教室迥然不同。左侧留有大约一米的走廊，右边被坚硬的白色铝合金围了起来。一扇扇褐色木门面朝走廊，紧闭着，上面挂着一个个小牌子，写着寝室号码。

蓝小朵和平安精神一振，继续往前走，数啊数，终于停了下来。

这一路上，蓝小朵已经见到很多学生打开了寝室的门，现在终于来到属于自己的小窝，她早已迫不及待地用胸章去开门。随着“嘀”的一声长长的细响，25号寝室门发出打开的悦耳声音。

“就是这儿了，平安！”蓝小朵高兴地呼喊平安。她见平安拖着箱子，香汗淋漓的，还在很远的地方呢，便搁下自己的东西，跑过去帮平安。然后，她大气都不喘地拉着箱子跑了回来，等不及搁下箱子，直接撞开了门。

可在门开了后，蓝小朵突然愣了一下，然后发出一声几乎响彻整个车厢的尖叫。

蓝小朵眼前居然站着一个男生，这个男生面目温柔，黑色的头发湿漉漉地趴着，有点儿邻家大哥哥的感觉，却有一双小兽般的眼睛。而更重要的是，他赤着上身，手里拿着刚刚脱下的衬衫。

这个男生同样目瞪口呆，在蓝小朵的尖叫声中，赶紧扯来一个睡袍披在身上。

“你是？”男生开口。

蓝小朵不理会男生，尖叫着跑出来：“平安，平安，你快去告诉老师，我们寝室进了一个……一个变态！在我们寝室脱衣服呢！”

平安站在那里，像是已经知道发生了什么，她缩着肩，捂住眼睛，不敢看蓝小朵，低低的声音饱含同情：“蓝小朵，你……你进的是26号寝室……”

蓝小朵愣了愣，不敢相信地看向那门上的序号。

那里赫然清清楚楚写着“26”。25号寝室就在26号寝室隔壁，而且两道门是紧挨着的。

因为叫声，很多寝室的门都开了，大家都疑惑地朝着这里望来。

“扑哧”一声，有些人还忍不住笑了出来。

“那个，至于这件事，因为我没有把门关上……”男生披着睡袍走出来，朝着蓝小朵歉意地说，“给你带来的困扰，我感到很抱歉。我叫江岱川，是3班学生，以后还请多关照。”

什么？这个男生居然还是3班的！

这以后可怎么见人啊！蓝小朵红着脸冲进了自己的寝室。

平安关上寝室的门，发现蓝小朵正站在窗前发呆。她悄悄走过去，嘿嘿坏笑着，对着蓝小朵耳边吹了一口气。

蓝小朵猛地转头，两人的脑袋一下撞在了一起。平安抱着脑袋蹲下去，“哎哟哎哟”地喊疼。

“都怪你啦！”蓝小朵见她的样子，觉得好笑，捂着额头，“让你吓我。”

平安揉揉脑门儿，却兴奋地打量起这间寝室来。

蓝小朵的心思也收了回来，开始好好观察起来。

这间寝室三四十平方米的样子，十分敞亮，靠近走廊的一侧没有窗户，洁白的墙面上挂着几张空相框和两幅油画，三张白色的写字台一字排在那儿，上面分别放着一盆箭兰、一盏精致的粉色陶瓷台灯。再往对面看，空间被一面粉色的磨砂屏障阻隔，两人推开屏障上的内门，见里面有三张铺着洁白床褥的木床，紧挨着窗户。一面丝绸般的蓝色窗帘撒在床边，窗台还放着几盆吊兰。往上看，水晶窗户上挂着几串贝壳风铃，拼接成了一朵盛开的玫瑰。

“这就是接下来要待一年的房间了吗？”蓝小朵自言自语了一声。她转身出去，想把行李拉进来，可刚出去，就见一个女生推开了寝室的木门。

海藻般的长发披散在胸前，雪白的双手正提着一个大箱子，粉红的额头上挂着细密的汗珠，看得出她很累。

看着唐清树，蓝小朵心里叹气，再一次觉得自己就是只丑小鸭。她摇摇头，跑过去，在唐清树诧异的目光中，夺过唐清树的箱子，不费力地提起来，大大咧咧、不顾形象地笑起来：“唐清树，我是蓝小朵，今天开始我们就是室友了。”

唐清树抬起头，用那双大眼睛感谢地看向蓝小朵，然后伸出手，微微一笑，说：“谢谢你，蓝小朵，很荣幸能成为你的室友。”

蓝小朵本来以为唐清树属于那种冰山一样的女孩儿，没想到她比想象中好相处得多。

蓝小朵重重地点头，空出来一只手，握住了唐清树纤弱的手。

等整理好自己的东西后，蓝小朵坐在写字台前照着镜子。

“看起来，跟美女们一个寝室，也不错嘛！”看着镜子里普通至极的自己，蓝小朵小声地嘀咕，在心里对自己说了声：你也不丑啊，只是别人更漂亮啦！

蓝小朵猛地哆嗦了一下，起了一身鸡皮疙瘩。

“你很冷吗？”平安坐在床上，把脚丫荡来荡去。

“是啊，我好冷，晚上可要跟你一起睡呢！”蓝小朵扭过头，做了一个鬼脸。

平安惊叫了一声，迅速捂住胸口，哼哼着说：“你想干什么？快说，是不是火箭队的成员？你跟武藏和小次郎什么关系？”

唐清树刚从浴室回来，披着白色的睡衣，擦拭着湿漉漉的头发，看着叽叽喳喳的两人，忍不住捂住嘴巴咯咯笑起来。

第二天一早，在闹钟的催命哀号中，蓝小朵终于睁开了眼。

她起来后，平安和唐清树也起来了。幸好房间一侧有独立的卫生间，洗漱不用去外面。蓝小朵洗漱完毕，等着另外两人梳理头发、化上淡妆。

看着平安和唐清树急急忙忙的样子，蓝小朵下意识地摸摸自己的马尾辫，第一次觉得留马尾辫这么方便，不用怎么梳，也不用怎么整理。

平安和唐清树终于打扮好，三人随即跑出寝室，朝3号车厢跑去。

昨天，蓝小朵她们仔细看了看课程安排，知道今天她们要上的第一节课是生物课，而教这门课的老师就是胖胖的朱老师。

三人穿过长长的走廊，一路跑到3号车厢，朱老师已经打开了那面白板——也就是小册子上介绍的智能电脑。

三人挨着坐下后，朱老师见人到齐，就在白板上点开了一个视频。

“昨天，我们已经有过一个短暂的认识，希望今后我们能成为朋友。”朱老师前面有张讲台，他个子高，大肚子正好搁在桌面上，这让他很是舒服，他神神秘秘地压低了声音，“你们，是不是对未知的后几节车厢很感兴趣？”

学生间一阵骚动。

几个男生大声问：“是啊，那里究竟有什么呢？”

“那里的东西……”朱老师笑眯眯地说，“需要你们自己去创造！”说完，他点开了那段视频。

视频里首先出现一个巨大的温室的俯瞰图，接着镜头不断切换，出现了各种植物，园丁在默默地劳作。

蓝小朵不知道朱老师为什么要放这个视频，其他学生也露出疑惑不解的神色。

“其实啊……”朱老师等视频播完，就继续讲，“后面车厢什么都没有。”

“啊？”学生们目瞪口呆。

“所以才需要你们自己创造事物啊。”朱老师想到这里，突然插了一句话，“昨天晚饭好吃吗？”

学生们频频点头。确实，昨天的晚饭是列车上的工作人员把饭菜送到各个寝室的，银制餐具里的饭菜，香味扑鼻。

“可你们知道吗？奥尔多·乔薇丽亚号上的食物储存有限，这样级别的饭菜，只有开学前两周以及节日里才会供应哦！”朱老师诡异地笑起来。

这可不亚于一个重磅炸弹。学生们顿时感到不安起来，有个男生喊：“那意思是平时的饭菜不好？”

朱老师神秘而同情地看着那个男生，摇摇头，说：“饭菜的事以后再说，现在所有人跟着我走，我带你们参观一下那些你们好奇的车厢。”

说完，他晃动着肥硕的身子，准备关掉白板。

突然，一声嗡鸣。

像电锯粗暴地划过树干，又像爆炸的重金属音乐。

朱老师紧蹙眉头，跟在场的所有人一起抬头看去。

嗡鸣声显然是从列车上方传来的，几秒钟后，嗡鸣声越来越远，然后又在一瞬间，快速地逼近，粗鲁地咆哮起来。

蓝小朵紧紧地捂住耳朵，这种嗡鸣声，响在她耳边，比之旁人，更感觉刺耳。而且在这浪潮般的呼啸间，在这嘈杂的嗡鸣声中，她听到了一声低低的轻笑。

2

朱老师变了脸色，走到教室一角，按下了一个红色的按钮。

“咔嚓”一声脆响，朱老师头顶的天花板颤抖了一下。那块圆形的区域居然朝一旁收缩进去，一个一米见方的孔洞渐渐露了出来。

奥尔多·乔薇丽亚号仍在疾驰，狂风从孔洞钻入车厢里，吹得女生们的长裙舞动。

随着孔洞完全打开，孔洞旁边凸起的一方区域慢慢垂了下来，完全垂到地面后，居然是一个简易的悬梯。

蓝小朵和大多数学生一样，再一次惊异了。她没想到奥尔多·乔薇丽亚号的车顶是可以爬上去的。

朱老师拉了拉悬梯，对着学生们说：“你们在这里待着。”说完，就抬起脚朝上攀去。随着朱老师的踩动，悬梯发出“吱呀吱呀”的惨叫，仿佛不堪承受朱老师的体重。

朱老师爬上去的过程中，还暗自嘀咕一声：“真是的，难道又胖了？”

这让听力异常灵敏的蓝小朵暗自好笑。

又是一声嗡鸣。

蓝小朵从孔洞里望向天空，蓦地，一道疾驰的红色影子从孔洞上方滑过，一闪即逝。

蓝小朵心脏“怦怦”跳。她见大家都愣愣地朝上看，琢磨了一下，决定爬上去。

她上前一步，抓住悬梯上的铁杆，就踏了上去。

虽然学生们也很想上去看看，但有朱老师的话镇着，都不太敢动。见有人做了“第一个吃螃蟹的”，学生们顿时乱了起来，也跟着一个个往上爬。平安紧随在众人后面，唐清树有点儿犹豫，但还是跟了上去。

蓝小朵将头探出孔洞的那一瞬间，那道红色的影子再一次袭来，顺着呼啸的狂风，“嗖”的一声往后方疾驰而去。

这一瞬间，蓝小朵的目光跟一道投来的目光相撞，然后迅速分离。此时，蓝小朵看清了那红色的影子。

那是一架红色的小型喷气式滑翔机。

狭长的双翼仿佛两把长刀，划破空气，短小精悍的机身在清晨的阳光下，泛着寒冷而刺目的红光。一个戴着头盔的男生，双臂摆动，将滑翔机拐了一个一百八十度，逆着狂风，追着奥尔多·乔薇丽亚号，机身不时翻转起来。

翻转前进的滑翔机如一只在空中狂舞的苍鹰，鸣叫着、咆哮着，猛地一个加速，冲刺到奥尔多·乔薇丽亚号的车头上空，然后一个转身，“嗖”地再一次斜着俯冲直下。

蓝小朵站在平坦宽敞的列车顶部。她抬起手臂，遮住阳光，看向朝这边飞来的滑翔机。

滑翔机如一支箭，携着无尽的气势低空滑过，蓝小朵的裙子被狂风吹得猎猎作响，她的马尾辫也被风抽打得不停地抖动。她在狂风中听到那男生喊：“我——要——准——备——降——落——了！”

我——要——准——备——降——落——了!
老师
师

这时，陆续有学生从孔洞里钻了出来。不仅3号车厢的顶部，其余教室车厢的顶部都出现了人。马老师、文老师，还有另外两个面容陌生的老师，以及正在上课的学生们。只是看到这一幕，老师们不由得全皱起眉头。学生们何时见过这疯狂的情景，紧张、羡慕，又出神地盯着滑翔机的一举一动。

滑翔机再次滑过，蓝小朵又听到那男生喊了起来。

朱老师听到了第一句话，但下一句却没听清，就扯起嗓子喊："我先不问你是谁，你给我说清楚你喊的是什么？"

那男生身在滑翔机里，听不到朱老师说什么。滑翔机在他的操控下，慢慢向高空飞去。

朱老师大喊了两句，嗓子呼噜噜的，都要冒烟啦。

"朱老师！"蓝小朵着急地喊，"他说他要降落在我们这节车厢，让我们快点儿避让。"

"什么？"朱老师瞪大了眼睛，看了看周围越来越多的学生，气急败坏地大吼，"你们凑什么热闹，现在赶快给我钻回去。快！"说完，朝马老师、文老师喊，"你们也快让学生们躲下去！"

学生们被朱老师的严肃表情吓傻了，纷纷往下爬。马老师和文老师也催促着学生们下去。

平安和唐清树站在蓝小朵的旁边，一脸惊色。

"你们也快下去。"蓝小朵把两人推到孔洞旁，看着两人下去，挤挤眼，做了一个请放心的鬼脸。

这时，那滑翔机已经飞到了极高处，并落后了奥尔多·乔薇丽亚号一大截儿。

“我们到这边来！”朱老师说着朝文老师所在的5号车厢跑。他领着蓝小朵一路来到那儿，别的老师都聚集到了这节车厢上。

蓝小朵小心地张开双臂保持平衡，后背直冒冷汗，虽然列车顶的四周有颇高的围栏，但在上面奔跑也依旧让人心惊胆战。

她刚刚站定，就见滑翔机朝她所在的方向扑来。

紧接着，滑翔机的咆哮瞬间临近，不等她反应过来，就轰然而至！

蓝小朵只感到身子一歪，被一只大手推倒，然后趴着紧贴到了车板上。

下一刻，一道狂野而疯狂的尖啸从蓝小朵上方飘过，震得她头皮发麻。

“该死的！”朱老师身子宽厚肥大，受到的震动最大，后背被风刮得火辣辣的疼。

尖啸过后，周围一下子安静下来，然后后面传来重物撞击的声音。蓝小朵扭过头看身后，见滑翔机在车顶上一阵滑动才艰难地停了下来。

朱老师率先站起来，怒火中烧地朝滑翔机走去。蓝小朵忙起身跟别的老师们一起跟上。

滑翔机的透明舱门打开，一个男生跳了出来，迎着气势汹汹的朱老师，站得笔直，毫无惧色。他稍微活动了下双手双脚，然后摘掉了头盔。

蓝小朵走在后面，见男生有意无意地朝自己看来，愣了一下。

男生穿着一双黑色的靴子，戴着露出手指的那种黑色皮手套，身穿一件藏蓝色收腰夹克，背着阳光，身影有点儿朦胧。他冷黄色短发向上竖起来，粗黑的眉毛似两道神采飞扬的匕首，深邃漆黑的双眸嵌在那干净又阳光的脸庞上，平添了一些深沉和冷峻。

蓝小朵呆住了，迎着男生的目光，她的脸迅速红了起来。

但这气氛立马被朱老师打破。

“你是谁？为什么要追赶列车？”朱老师的语气并没有含着怒气，相反，他眯起眼睛，严肃而谨慎。

男生微微欠身，鞠了一躬，歉意地回答：“老师您好，做出这样的事，我感到十分抱歉。但我又不想错过这次美好的旅行，所以只能莽撞地追来了……”男生重新站直了身子，无比真诚又不卑不亢地说，“给老师您带来困扰，我真的很内疚！”

“哦？”朱老师皱着眉，问道，“你说你不想错过旅行，是怎么回事？”

男生迟疑了一下，伸手挠挠头，有点儿不好意思地回答：“昨天我没能来报到，是因为我乘坐的班机晚点……所以……今天天没亮就开着滑翔机追了过来，幸好让我赶上了！”

朱老师有些意外，转头看向文老师。

文老师点点头，说：“昨天我登记的时候，是有人没来。”她打量着这个男生，温柔地笑起来，“不过没来的人可有好些哦，你是谁？”

“我叫张景俊！”男生不好意思地再次挠了挠头，笑着说。

“哦……”文老师捋了捋被风吹乱的长发，哼了一声说道，“我说是谁，原来是张景俊同学。可是，你知道吗？没赶上奥尔多·乔薇丽亚号的启程，是默认拒绝入学的哦。”

“啊！可我……现在不是赶过来了吗？文老师您这么温柔这么漂亮，帮我说说话，肯定就能搞定一切了！”男生想了想，狡黠地嘿嘿笑着说。

文老师瞅着张景俊，掩住嘴笑了两声，没再为难他，而是无奈地对着朱老师说：“没办法，交给你了哦。”

朱老师头疼地看着这名叫张景俊的男生，重重地哼了一声：“既然迟到了，就要接受惩罚。属于你的土地永久扣除一半！”朱老师想了想，看了看蓝小朵，“蓝小朵同学表现良好，你可以得到这些财富。”

张景俊一副后悔不已的表情，朱老师看在眼里，气消了大半。

蓝小朵傻愣着，一时间不明白朱老师在说什么。

“那个……”蓝小朵斟酌着，忐忑不安地问，“朱老师，您说的土地是……”

“待会儿你们就知道了。”朱老师开始卖关子，他又看向张景俊，“你，现在给我把滑翔机开到后面第 51 号车厢去，那里的天花板有夹层，正好可以安置你这破铜烂铁！”

张景俊闻言，咧开嘴，突然双脚并立，“嗖”地行了一个规规矩矩的军礼，乐呵呵地回道：“遵命！”

看着张景俊突然滑稽起来的样子，蓝小朵忍不住想笑，但又觉得此时笑出来有失礼貌，就拼命憋着。

张景俊注意到蓝小朵的异常反应，笑着一耸肩，挑着眉，对她扁了扁嘴。

嗡呜一声，滑翔机再次发动了起来。

在朱老师的带领下，张景俊将滑翔机开到了 51 号车厢上空。朱老师扳下一个拉杆，将 51 号车厢的天花板整个儿打开了。现在奥尔多·乔薇丽亚号上出现什么，蓝小朵都已经不再稀奇，但心里却对建造出奥尔多·乔薇丽亚号的人敬佩有加。

滑翔机缓缓落在车厢里慢慢升起的一处平台上，张景俊将滑翔机熄火，然后跳下来。车厢的天花板缓缓地闭合。

等朱老师领着两人回到 3 号车厢后，平安和唐清树立马跑到蓝小朵身边，见她毫发无损，都松了一口气。

朱老师取来了剩余的班级号和寝室号，发给了张景俊，恰巧就是 3 班、26 寝室。

做完这些事，朱老师斜着身子在椅子上歇了会儿才站起来，他脸上的肥肉堆积一起，像是在幸灾乐祸地笑。

他朗声说道："那接下来的时间，我带你们参观后半截儿车厢。"

【四】第一大厨

1

天空上。

两架直升机放慢了速度。

领头的直升机里，狗熊面具人坐在驾驶位，扯着嗓子喊着：“方向确认，再次！”

坐在后面的狼面具人掏出地图，然后从舱门的透明玻璃处瞅了瞅外面，并将自己的手表十二点钟的位置朝北，回答：“西北，八点钟方向。”

狗熊面具人应了声“好”，操纵着直升机飞往那个方向。

狼面具人继续摊开地图，用伪装后的声音说：“地图上显示，两天后，那趟列车会进入森林。‘猿猴’说，在森林里车会停下，他也会在列车附近等着我们。”

“‘猿猴’怎么知道得这么清楚？”野鸭面具人咯咯地阴笑，“莫非他在列车上？”

“也许吧，谁知道呢。”狼面具人慵懒地收起了地图，嗡嗡地说，“我不在意这些，我只在意钱。”

话题戛然而止。

机舱里的面具人陷入了沉默。

直升机的机翼撕破了空气，卷动着气流，很快便化作两道黑色的流星。

奥尔多·乔薇丽亚号迎着朝阳，在这片远离城市的麦田里继续疾驰。阳光下，银白色的车身闪着璀璨的光芒，携着风在绵延无尽的麦浪里穿行而过。

褐黄色的麦穗簇拥着，攒动着双手，挥手作别这辆华丽的银白色“巨兽”。

朱老师领着蓝小朵等一群学生，向后面的车厢走去。走过正在上课的教室，走过紧闭木门的一排寝室，走过严肃而安静的图书馆，走过飘香的餐厅，走过装满瓶瓶罐罐的实验室……

直到众人的路被一道乌黑的铁门拦住。

朱老师按下一个黄色按钮，铁门便悄无声息地缓缓移动起来。

铁门还未完全打开，一股清新香甜的气息就顺着缝隙涌了出来。

蓝小朵同在场的其他学生一样，深深地吸了吸鼻子，觉得好闻极了。

门后是什么？众人的心悬了起来。

难道是甜品店，或者……是香水屋？蓝小朵心里嘀咕。

“像水果的味道。”蓝小朵耳边响起一个声音。她慌忙转过头，看到张景俊那狡黠的眼睛。

之前，张景俊从朱老师手里拿到胸章后，就坐到了蓝小朵的后面，可让蓝小朵心神不宁了，就连之后朱老师讲课的内容都没听清。

“也许吧。”蓝小朵为了掩饰自己的紧张，嘟着嘴说。

铁门终于完全打开了，伴随着香味，“哗哗”的水声紧随而至。蓝小朵好奇地探头朝门后望去，一下愣在原地。

平安和唐清树站在蓝小朵身旁，也都吃惊地捂住嘴，脸上露出惊喜、兴奋的神色。

门后的一切一览无余。迎着众人，车厢中央，有一个小型喷泉，正在“噗噗”地喷着水。一条鹅卵石小路弯弯曲曲地盘绕着，朝远处延伸而去。石子路两侧铺着碎碎点点的草坪，草坪间栽种着枝繁叶茂的树。

这些低矮却茂密的树木上挂着一颗颗或一串串红艳艳或黄灿灿的令人眼馋的果子。一个列车上的工作人员在给果树浇水。

朱老师转过那肥硕的身子，看向正发愣的学生们，得意地说：“跟我来。”

学生们拥入这节香气扑鼻的车厢，兴奋坏了，一边好奇地打量四周，一边议论着。

“为了让奥尔多·乔薇丽亚号上的乘客得到充足的食物供应，我们在车厢里种植了水果和蔬菜。”朱老师走过一棵苹果树时，伸手摘下一颗粉嫩的大苹果，“咔嚓”咬了一口，“而且还都是有机无污染的。”

有两个男生见朱老师吃得满嘴流汁，也跟着学，伸手就想要摘苹果。谁知，朱老师伸手打开他们伸向树枝的手，哼了一声：“我说过这里的东西你们可以随便吃了吗？”

那两个男生见朱老师沉下脸色，立马蔫了，低着头不敢说话。

“不让你们吃是有理由的。”朱老师见他们这样，哈哈一笑，“你们的领地可还在后面呢！”

朱老师把苹果核丢进垃圾桶里，就继续朝车厢后面走去。

下一节车厢，种植的果然是满满的蔬菜。

再往后走，众人终于停了下来，但是学生们再次呆住了。

眼前是什么啊？

朱老师对学生们的表情很满意，他指了指大家前面铺着的泥土：“这里和后面大约十多节车厢都是你们的了。你们每人会分到十平方米的土地，然后随便你们种什么。”

很多学生都面如土灰，因为他们家境都很好，衣食无忧，一直以来都是家里的小王子、小公主，哪里接触过泥土啊，更不要说让他们亲自耕种了。

在其中，只有少数人，脸色不那么差。蓝小朵就是其中之一，她虽然也没有干过这种种地的活儿，但因为平时经常帮妈妈做事情，这会儿倒是不会感到手足无措。相反，她还有点儿兴奋，因为她在家里也养过很多花花草草。

不过，平安和唐清树明显属于大多数人。她们面面相觑，不知所措。

蓝小朵拉着她们的手，凑到她们耳边，小声说：“别担心，我会帮你们的。”

平安和唐清树感激得不知该说什么好。

“噢。”一个身影突然也凑过来，坏笑着接话，“我的一半土地都被老师做主给你了，那能不能也帮帮我啊？”

蓝小朵吓了一跳，转头看着不怀好意的张景俊。

“我跟你又不熟，而且……那是你应得的惩罚，谁管你啊！”蓝小朵没好气地喊。

“好吧。”张景俊耸耸肩，“那我就告诉老师你要作弊！”

“你！”蓝小朵有点儿生气。

“我怎么？我知道我长得很帅。”张景俊一挑眉，嘿嘿地笑。

“你无耻小人！”蓝小朵红着脸，怒道。

“帮不帮？”张景俊又说，“你看看你室友再拒绝我嘛。如果我告诉老师，你也别想帮你室友了。”

蓝小朵偏头看去，见平安和唐清树眼光闪动地、眼巴巴地望着自己，好像在说——蓝小朵，你就答应他吧，就算为了我们，答应他吧。

蓝小朵只得沮丧地说："今天算你好运。"

听到这答复，张景俊晃动手指，做了一个胜利的姿势，一双漆黑的眸子闪闪烁烁，好不得意。

学生们一时间分散开，都愁眉苦脸地看着脚下的泥土。

"你们别垂头丧气啊！"朱老师突然咳了两声，"你们要知道，只有经过辛苦地耕耘，才能收获最美味的食物。你们要打起精神来，因为等你们遇到比这个更糟糕的事，这一切都不算什么了，是不是？"

学生们望着他，若有所思地点点头，好像从这句话里得到了极大的鼓励和安慰。

可是朱老师大鼻子一动一动的，似乎有点儿不太好意思地继续说："之前不是问你们饭菜好不好吃吗，其实我当时想说……两周后，除了米饭，我们不会再供给你们任何菜品。"

朱老师在说什么啊？莫非他在开玩笑？哈哈，肯定是了，朱老师一看就是爱开玩笑的人嘛！

很多学生看着彼此，眼神坚定，好像都在寻找某种信念，因为他们此刻太需要信念来支持自己的判断了。

"抱歉哦，还有十一天。"朱老师视若无睹，偏头看向窗外。

学生们早已摇摇欲坠的信念顿时落入无尽深渊，面无血色。蓝小朵也被这个"重磅炸弹"炸晕了，平安和唐清树张大了嘴。

倒是张景俊低低哼着歌，一副无所谓的样子。

蓝小朵回过神，看到张景俊这副模样，心想，难不成他是种菜能手？

窗外依旧是一望无际的麦田，太阳升入高空，车厢里被阳光映得更亮了。

“这本来就是你们必须去面对的实践课程。”朱老师笑着说，“不过呢，最后还有个好消息。列车两天后会开始进入森林，到时候你们可以下车去森林里寻找食材。这样你们想吃什么就找什么，然后做给自己吃，不是很好吗？”

见还是有很多学生唉声叹气，朱老师喝道：

“你们要记住，生存是一件神圣的事，你们必须去战胜生存之路上遇到的磨难。我想让你们明白，奥尔多·乔薇丽亚号不载弱者，能得到奥尔多·乔薇丽亚号承认的人，必定是坚强、勇敢和强大的！”

这话如惊雷，现实又沉重，带着一股震慑人心的力量，回荡在所有学生的耳旁。学生们纷纷抬起头，眼睛中慢慢浮现出一些光芒。

一声高亢的鸣叫。奥尔多·乔薇丽亚号的窗外，箭矢一般飞过一只眼神犀利的黑色游隼。

蓝小朵看着游隼消失的背影，眼神闪烁，心中涌出了一股强烈的斗志。

一天后，深夜十一点。

黑暗笼罩天地，森林里如一团颜色浓重的墨汁。空中两束光一前一后割破黑夜，光扫过下方的森林，惊醒了几只不知名的鸟儿。两架直升机正全力飞行着。

领头飞机的驾驶员依旧是狗熊面具人，他边操控飞机边用对讲机跟后面飞机的驾驶员老虎面具人通话：“‘老虎’，‘老虎’，发现可降落平地，三分钟后降落。收到请回答，收到请回答。”

“‘老虎’收到。”同样是粗哑的、经过伪装的声音，老虎面具人眯起眼，盯紧了前方的直升机。

螺旋桨疯狂搅动着空气，发出“嗖嗖”的轰鸣。三分钟后，直升机飞到一处空地上方，并开始下降。螺旋桨掀起的狂风将周围的树叶扯得粉碎。

螺旋桨彻底停下后，狗熊面具人迅捷地从直升机上跳下来。

其余的面具人也纷纷跳了下来。

“你确定明天列车会经过这里，并停在前方十千米处？”老虎面具人身材壮硕，问跳出机舱的狼面具人。

“‘猿猴’给我的地图这样写着。”狼面具人落地，走两步，靠坐在一旁的灌木旁，休息起来，“‘猿猴’说停车后，他会来找我们的，他有能定位我们位置的 GPS 系统。”

黑夜里，突兀地响起一声虫鸣。

紧接着，又是沉默。

第二天清晨。

奥尔多·乔薇丽亚号的前方出现了一道墨绿的暗线。不多时，暗线化作一片郁郁葱葱、遮天蔽日的森林。奥尔多·乔薇丽亚号呼啸一声，就冲进了这片巨木参天的幽深密林。

窗外树影急速掠过，车厢一瞬间暗了下来。车厢里的灯打开了，窗户的幕帘被紧紧拉上。过了一会儿，只听列车一声低鸣，车身颤了颤，就缓慢滑行起来。

奥尔多中学全体学生聚集到1号车厢，听着文老师的忠告。

“你们务必牢记，在森林中行动，一定要小心再小心。一定要跟同队队员互相合作，切记不能擅自行动，明白了吗？”文老师抱着肩膀，手里的鞭子在身侧一晃一晃的，紫红色长发下，那张美艳的脸，冰冷而严肃。

“明白！”所有学生穿着统一的军绿色行军服，或挎或背着一个包，挺起胸，异口同声地喊道。

这两天，在文老师的鞭子和糖果的双重调教下，学生们都乖了很多。

文老师满意地点点头，绽放了一个迷人的笑容：“明白就好，那我们晚上见哦。”

下了车，学生们三三两两分散开来。

蓝小朵看了看指南针，就领着平安和唐清树往一个方向走去。

蓝小朵三人是一个小队，很荣幸，她被其他两人推举为队长。

平安戴着一个鸭舌帽，兴奋地跑到一块长满青苔的石头上，张开双臂欢呼：“啊，这里简直太棒了！”说着，她紧张兮兮地嘀咕，“可是，不会有火箭队的埋伏吧？”

蓝小朵跟同样无奈的唐清树对视一眼，一起朝着活蹦乱跳的平安噘了噘嘴。

2

“嘶嘶！”

头顶一声低啸。

走在前面的平安疑惑地抬起头，顿时花容失色。她尖叫一声，朝前面躲去。谁知地面青苔滋生，十分湿滑，她滑了一跤，失控地朝地上摔去。

蓝小朵暗叫不好，赶在平安摔倒的那一刹那，抱住了她。

可是，头顶的危险却没有消失。只见一道绿色的影子从树上猛地射出，直扑平安而去。这绿色影子飞扑间，露出两枚毒牙，居然是一条细长的竹叶青蛇。

蓝小朵抱着平安往后一仰，惊险地避开了这条竹叶青蛇。

“咚”的一下，蓝小朵倒在滑溜的地上，后背摔得很疼。

竹叶青蛇一击落空，再次朝两人扑去。

蓝小朵躺在那里，双手将平安揽在怀里，没法使劲儿，只能抬起脚，一蹬地，带着平安滚到一旁。

而后，她顾不得喘息，站起身来，从地上捡起一根枯树枝，朝竹叶青蛇挥去。

竹叶青蛇再次扑了个空，又面对蓝小朵凌厉的反击，顿时有了退意，“嘶嘶”地吐着芯子，朝一旁爬去。

蓝小朵终于松了口气。被吓傻的平安“哇”的一声哭了起来。

唐清树担心地跑过来，问两人有没有受伤。

舌尖上的大自然

我们的嘉宾将为大家介绍如何在野外觅食！
这是一碗野生的拉面……
喂！这分明是你现买的吧！！
只要将香菜和生姜挑出，就可以食用了……
喂！也许有人爱吃这些呢！
嘎嘣脆！
鸡肉味，
妹子，你是不是走错了片场……

“这种蛇平时不攻击人，可能被我们吓到了，才一反常态的。”蓝小朵替平安擦掉眼泪，“你看看你，还想要寻找属于自己的神奇宝贝呢，见到一条小蛇就哭了。别哭了，别哭了，它们可不喜欢哭鼻子的女孩儿。”

平安听蓝小朵这样吓她，赶紧不哭了，但依然抽着鼻子。唐清树掏出一瓶水递给蓝小朵，让她洗洗沾了泥污的脸。

蓝小朵接过，想了想又递给唐清树，用袖子抹了抹脸：“我们的水并不太多，还是留着饮用吧。我们先去找找附近有没有水源。”

唐清树拗不过她，只得收起水，跟她和平安继续赶路。

此时，已是晌午。

蓝小朵打开背包。她看着包里的一堆灰白的水蘑菇、一袋子山楂，还有一些别的食材，忐忑的心情一扫而空。从清晨到现在，三人一路跋涉，仔细地寻找，努力终于得到回报，收集了这么多的食材。

“小朵，要不是你，我们肯定会一无所获的。”唐清树真诚地说。为了方便赶路，她的头发用皮筋扎起来，变成跟蓝小朵一样的马尾辫。只不过这马尾辫啊，蓬蓬松松的，太不结实了。

蓝小朵看到她的发型就想笑，但脸却红了起来：“不要这样说啊，虽然我认识很多食材，但是没有你跟平安的帮助，也根本找不到它们啊！”

“咚！”

突然，前方响起一声重物落水的声音。

平安紧张地张大了嘴，小声喊：“火箭队要出现了！”

蓝小朵皱起眉头，率先朝前面走去。绕过几棵粗大的树木，一泓静谧的湖水映入三人眼帘。只见前方不远处，站着两个高大的男生，其中一个正气急败坏地往湖里投石块儿。

那个男生顶着一头黄发，瞪着水面，狠狠地甩起手臂，朝水里扔石头，直扔得水花四溅。

他的头顶没有被树冠遮挡，而是留有一个不大不小的缝隙。阳光静静地洒下来，洒落在溪水里，映得水面波光潋滟。他那好看的侧脸，微仰着，沐浴着倾泻的白色日光，朦胧又迷离。

“你们……在这里干什么？”蓝小朵把眼睛瞅向别处，微微惊讶地拉紧了背包，朝小溪边走去。这个扔石头的男生就是张景俊，而一旁站着的则是江岱川。

张景俊和江岱川几乎同时吓了一跳，转身发现是蓝小朵她们，才放松下来。

“啊，是蓝小朵同学。开学的事你别介意啊……”江岱川仍旧有点儿不好意思。

张景俊拍掉手上的泥土，笑着说：“我们当然是来玩的！”

蓝小朵走近水边，洗了洗脸。而后，她站起来，朝张景俊冷嘲了几句：“哎呀，那你们好好玩水吧！我们可要继续去寻找食材了。希望你们不会饿肚子哦！”说完，她拉起平安和唐清树，就要离开。

“这么说，你们找到食材了？”张景俊眼睛一眯，瞅向蓝小朵鼓鼓的包。

“当然啦！”平安的脸上还挂着水珠，得意地甩了甩自己的包，“我们收获可多了！”说着，她瞅见了张景俊他们空瘪瘪的背包，嘿嘿一笑，“你们不会什么都没找到吧？”

“平安，别跟这种只知道乘人之危的家伙废话。他们饿不饿肚子，我们可管不着！”蓝小朵再次讽刺张景俊他们。

“哎呀！”江岱川可急了，忙喊，“三位同学，你们先别走啊，我们是没找到食材，所以，你们能不能帮帮忙……”江岱川有点儿不好意思。他实在没有野外求生的经验，也实在找不到什么食材，见到蓝小朵她们满载战利品，就像抓住了救命稻草。

“让她们走就是了。”张景俊抱着臂，不服气地用命令的口吻说道，“江岱川，我们是一队，我是队长，你要听我的！”

“我的张小队长……”江岱川望过去，站直了身子，摸着腹部，无比郑重地对张景俊说，“作为队员，我以诚恳的态度，邀请你跟我一起摸着肚子，再说一次，是想要蓝小朵她们帮助我们，还是想我们接下来的几天过食不果腹的日子？”

“咕……”

不知是谁的肚子突然发出一声不满的哀号声。

三个女生“扑哧”一声笑了出来。

蓝小朵笑得直不起腰来，最后终于吸气再吸气，平静了下来。她的眼神扫过一脸酱紫色的张景俊，停在了江岱川身上：“看在江岱川同学的面子，我们就暂时留下来帮忙吧。”

张景俊郁闷地瞪了江岱川一眼，干脆从包里掏出一个白色吊床，准备去睡觉了。

江岱川朝蓝小朵尴尬地笑了笑，支支吾吾地说：“其实我们是想抓鱼的，但是怎么都抓不到……”

“那你们就用石头砸啊？”蓝小朵故意夸张地喊。

话音刚落，“砰”的一声闷响，绑好吊床的张景俊将包狠狠丢在地上。他面无表情，翻身躺了上去，然后用一片不知从哪里摘的叶子盖住了脸。

蓝小朵朝江岱川点点头，转身，神秘地说：“平安、清树，你们借给我一点儿东西。”

蓝小朵指了指平安戴着的一枚红色发卡，又指了指唐清树绑在腰间的蓝色绸带，然后笑嘻嘻地摸了摸两人的长发：“还要你们的十几根长发。”

平安和唐清树不知道蓝小朵打的什么鬼主意，就好奇地追问。

“等会儿就知道啦。”蓝小朵接过她们递过来的发卡、一条细长的绸带，以及小心揪下的长发。

她先将发卡砸碎，露出了里面那根细长的银白色铁丝。

蓝小朵将铁丝放在石头上，开始敲敲打打起来，不一会儿，铁丝就被她细致而神奇地弯成了一个“J”的形状。接下来，蓝小朵将绸带拆开，用抽出的丝线跟头发编成了一条长而结实的麻花线。最后，她从小树上折下一跟枝条，拴上这套被几人寄予了厚望的捕鱼“装备”。

接着，她走到一处灌木下，捡起一块尖尖的石头，在泥土里不停地挖掘和翻找。

平安和唐清树好奇地凑过去看，发现竟是蠕动着的蚯蚓，顿时大惊失色，同时尖叫一声，往后退去。

见她们躲得远远的，蓝小朵无奈地苦笑了一下，谁让她天生就在淑女和女汉子间徘徊呢？而且看到江岱川的表情，她觉得自己又朝女汉子迈进了一步。

“嗖”的一下，鱼钩划出一道抛物线，跌进了水里，溅起了几缕水花。

这个湖不算小，水略带混浊，湖的边缘能看清水底，水底铺着一层层枯败的落叶，一群小鱼惊慌失措地逃掉了。

蓝小朵握紧了手里的渔线，时不时地振动一下，鱼饵被她在水面上左左右右地拖动着。

突然，从水底“咕咕”地冒出了几串气泡。

蓝小朵吞了下口水，继续拖动着鱼饵。

猛地，一道墨线从水底冲了上来，白色的背鳍刺破了水面，墨线张开大口就朝鱼饵咬去。

咬中了！

蓝小朵手向后猛地一拉，渔线立刻绷紧了。

没一会儿，蓝小朵就钓到了两条不小的鱼。

平安一直看着，兴奋得跳起来，嚷着要试试。蓝小朵将一些小窍门教给平安后，就坐在一旁休息。

这时，阳光的倾斜度出现了一些改变，洒落在水面的阳光折射着更复杂和多变的光芒。蓝小朵盯了一会儿，只觉得眼睛看东西都要模糊了。她抱着双膝，把头埋进膝间，闭上了眼。

世界仿佛安静了下来，又在下一刻，从安静变得嘈杂起来。

鱼钩落入水中的脆响；鱼钩和渔线在水里来回划动发出“嘶嘶”的轻微声响；水面荡起涟漪的声音；水底的鱼儿冲破水面，抖动尾巴的脆响；平安低低的叫嚷声；江岱川跟唐清树小声交谈的话语……

甚至树叶晃动发出的沙沙声，鸟儿掠过高处的飞翔声，还有仿佛水珠洒落般的“叮叮当当”的碎响。

蓝小朵舒服地深吸一口气，整个人也跟着放松了下来。

“嘀……嘀……”

突然，在各种声音交织的乐曲中，出现了一个异样的声音。

这声音仿佛雨点砸落，又像钟表滴答，虽然微弱得几不可闻，但是却像一根针，一下下扎着蓝小朵的耳膜。

蓝小朵皱了皱眉头，发现这声音是从身后传来的。这让她有点儿惊讶，因为她的身后是张景俊。

难道是张景俊的手表？蓝小朵准备无视这个声音。可下一刻，这声音又发生了变化，从“嘀”变成“吧嗒吧嗒”。

之后，是一声莫名的低笑。

蓝小朵的好奇心被勾了出来，她睁开眼，悄悄扭头，朝张景俊看去。

张景俊躺在吊床上，树叶下的脸庞看不真切，他的嘴角扯向一边，微微上扬。他的一只手半举在眼前，手里握着一部手机。那修长而干净的手指此时正在手机上晃动着，飞快地按来按去。

蓝小朵非常吃惊。因为这手机并不是终端机，而是那种带键盘的老式翻盖手机。这年头，谁还用这种手机？如果说这里的人，有人会用这种手机的话，蓝小朵确定这个人会是自己，而不是开着滑翔机，浑身透着高贵和大少爷气质的张景俊。

张景俊怎么会用这种土得掉渣的手机？这可跟他大少爷的形象相差甚远啊。

修长的手指突然停在半空。张景俊头上的树叶滑落下来，露出了他那双明亮的眼。此刻，这双眼睛里，除了往日的灵动和阳光外，好像还有一丝转瞬即逝的冷意。

蓝小朵突然打了一个哆嗦。

“蓝小朵，你看我做什么？”张景俊侧过脸，眼睛恢复了往日的神采，他瞥着蓝小朵，接着坏笑起来，“我难道就这么帅气吗？”

蓝小朵无言以对，憋得脸色通红，气愤地扭过脸去。

张景俊没再说什么，而是继续按起了手机。

蓝小朵生气地抱着膝盖，心里却蠢蠢欲动，就像有一只好奇的猫爪子，在她心窝里，一下，又一下，兴奋而不知疲倦地挠着。她呼吸加重，心脏“怦怦”直跳，脸上发烫。她揪紧了衣服，狠狠一咬牙，闭上了眼。

我这不是不道德……谁让他这么讨厌啊！蓝小朵不停地安慰自己。

说起来，蓝小朵有一个没用的特长。这个特长基于她不同于别人的良好听力，她在小学时就发现了，自己能偷偷从别人手机按键声里，听出别人在发什么。当然，前提是，别人使用带按键的手机。

那个时候，她偷听过班里一个可爱男生的短信、一个坏坏男生的短信，甚至还偷听过妈妈和老师的短信。不过，蓝小朵的这个特长被蓝妈妈发现后，蓝妈妈对她进行了好一阵严厉的批评和教育。

后来，蓝小朵不再做这种事，但偶尔还是会好奇心作祟，昧着良心违背妈妈的教导，偷听一回。最后，直到智能终端机的出现，才宣判了蓝小朵这个特长的死刑。

蓝小朵现在想想当时妈妈对自己的批评，还是一阵后怕。但是，现在天时地利人和，不让蓝小朵去听短信，她憋得难受，更别说，对方还是一个自恋又惹人厌的家伙！

这场激烈的思想斗争，终于以邪恶的小人儿压倒正义的小天使而宣告终结。蓝小朵屏气凝神，开始捕捉张景俊按键的声音。

其实，按键声是有规律可循的。每个字、每对词间基本都会有停顿，例如，你想打出“森林”和“我的帽子”，“森林”两字间肯定会停顿一下，而“我的帽子”最少会停顿两下，就是：我——的——帽子。

然后，每个键代表三到四个拼音字母。虽然这看似有很多可能性，但是把一个词或者一句话按照逻辑慢慢组合出来，却是不难的事。当然，知道了原理，看起来，也不是谁都能推敲出来短信内容的，而这里最大的诀窍，说白了，还是能否分辨出对方在按什么键。

蓝小朵大气都不敢出，她听得出，张景俊连续按了几下命令键。

“嘀！”

终于，张景俊按下了一个重要的键，这是写着数字“9”的键，也代表着 WXYZ 这四个拼音。蓝小朵默默记下。

随着按键声不停地响起，蓝小朵分辨着数字键对应的拼音字母和可能的顺序。

嗯，我这边很好。你还好吗，

蓝小朵心里闪过一丝窃喜和得意，心想，你发什么都逃不过我的耳朵。可还没等她继续得意，在张景俊又按下几个键后，她却突然愣住了。

她十分不解地皱起眉头，而这时，张景俊确实按下了“发送”的那个键。

这就是短信的全部内容了吗？蓝小朵嘴里小声念叨着最后那些键所组成的内容：

张景俊？

张景俊？

这是什么情况？蓝小朵心里一震，有些摸不着头脑。

难道“张景俊”这几个字是短信最后的署名，就像回复信件一样？可是不对啊，这最后加的是问号。

或者他把句号打成了问号？蓝小朵继续分析，可是心里却觉得越来越诡异，不说最后的问号是不是打错了，就说前面“嗯，我这边很好。你还好吗，”这段话里，结尾使用的居然是一个逗号。

蓝小朵脑子里不禁升起一些古怪的想法：难道说张景俊连最基本的标点符号都不会用？或者……他在给自己发短信？

【五】蝴蝶培养计划

1

蓝小朵他们几个按照指南针的方向，在夜幕降临前赶回了奥尔多·乔薇丽亚号。文老师和朱老师清点完人数，就让大家快去吃饭。而那些找到的食材，则可以寄存在食堂的冰箱和储藏间里。

临走前，文老师还不忘露出迷死人的微笑，提醒着："再过几天，你们就要自己做饭了哦，我很期待大家早一天成长起来哦！对了，你们记得要去食堂里的叔叔那儿申请一个固定的做饭位置。"她眨眨眼，说，"最后，先说晚安啦！"

做饭这个艰巨的任务落到蓝小朵身上，因为五人里就她会做饭。

"好吧，好吧。"蓝小朵心里抱怨着，"谁让我是老好人呢！"

她看了看走在前头的张景俊，还是不甘心地哼了一声，然后小声地嘀咕了一句：“讨厌鬼。”

他们几个一路来到食堂，将食材分别放到了冰箱和储物间，随后又跟食堂工作人员预定了一个做饭的位置。其实，奥尔多·乔薇丽亚号有两个食堂，另一个食堂被分成了很多隔间，其实就是给学生们准备的。

晚上九点一刻，列车准时熄灯。

奥尔多·乔薇丽亚号依旧停在森林里，沉沉睡去，它威严华贵的身姿湮没在无穷无尽的黑暗里，像一条白色巨蟒。

洗完澡，蓝小朵躺回床上。一天的跋涉，让她很是疲劳，合上仿佛千斤重的眼皮，没一会儿，就进入了梦乡。

“哗……哗……”

水声，像喝水的声音，又像洒水的声音。

这声音虚无缥缈，像软软的柳絮，仿若从无比遥远的地方而来，轻轻地、温柔地流淌在蓝小朵的耳旁。

“咔嚓！”是树枝断裂的声音，伴着急促而稳健的脚步声。

蓝小朵迷迷糊糊地醒了过来，她揉着眼睛，趴在窗台上，拉开了窗帘一角。外面黑漆漆一片，沉闷的黑暗像黏稠的糨糊，充斥在天地间。

“哗哗”的水声和脚步声都消失了，消失得无影无踪。

蓝小朵感到奇怪，外面又黑，什么都看不见，这让她心里毛毛的。她紧张地咽了一下口水，想把窗帘拉严实了。

窗帘轻轻地朝下垂去，就在即将遮住露出的那块窗玻璃前，天空的云层突然翻滚起来，一轮残月破云而出，澄亮的月光在这一刻倾泻而下。

虽然林木层层叠叠，但月光还是穿透了它们的阻拦，细细碎碎地落到了地面。

这一刻，窗外的事物变得模糊可辨起来。一双眼睛半藏在树后，冷漠地望着蓝小朵。

蓝小朵愣了愣，紧接着，无休无止的寒意攀上了她的脊梁。她身子颤抖，惊恐地瞪大了眼睛。这双眼睛，透着一股陌生却又熟悉的气息，在月光下，反射着错愕的光芒。

下一刻，窗帘幽幽地再次挡在了窗户前面。

蓝小朵捂住胸口，不停地喘着气，她确信刚才那双眼睛在看向她。她忐忑地凑回到窗边，小心翼翼地拨开一角窗帘，沉住气，再次看去。

窗外月光慢慢逝去，风拂过树冠，吹得树叶沙沙作响。那棵巨树后，那双眼睛，却静悄悄地消失了。

是谁？在外面做什么？为什么好像见过这双眼睛？蓝小朵不安地想。

一宿未眠。

第二天傍晚，蓝小朵打着瞌睡，看了看镜子里自己的一双熊猫眼，就直奔寝室小床而去。一夜没睡，加上一天的学习，甚至还包括文老师两节使人脱力的体育课，蓝小朵身子板都快要散架了。

“小朵小朵，文老师不是布置了任务吗？我们需要去后面领取蔬菜和水果种子。你是我们的队长，可不能缺席哦！而且，只有你会种植它们啊……”平安着急地拉住她。

蓝小朵几乎趴在了平安身上，叹了一口气。

叫上张景俊他们，五个人去领取了一些种子。蓝小朵将几人共有的土地进行了划分，种上了一些生长期比较短的小白菜、黄瓜以及小番茄，然后张景俊和江岱川提水浇灌。做完这些，几人已经蓬头垢面，而蓝小朵更惨，可能只剩半条命了。

但事情还没有完，众人又急急忙忙赶去食堂，清洗和整理昨天找到的食材，以便它们能长时间保存。在蓝小朵的带领和指导下，几人手忙脚乱，洗洗刷刷一阵，终于又搞定了整理食材的工作。

到此，蓝小朵哀呼一声，再也不管不顾，直奔寝室。随后，脸都懒得洗，就朝床上扑去。可她刚躺好，就感到肩膀上粘着什么东西，抬起手臂，她看到肩膀上粘着一片浆果的叶子。

她寻思肯定是方才清洗食材时不小心弄上的，便随手摘下，准备扔进垃圾桶。可抬起手，却突然愣住了。

这片厚实的绿色叶脉上，居然粘着一粒小小的卵。

这粒卵大约有针尖大小，奶黄色，像一个缩小版的圆形棉花糖。蓝小朵不知道这是什么虫子的卵，她的手悬在半空，想了想，还是收回了手，将叶子小心地搁在了床上的收纳盒里。

蓝小朵张开手臂，大大地仰躺在床上，嘴里直冒苦水，只觉得自己就要不行了。

她闭上眼，就准备睡个昏天暗地。

“小朵，小朵！”平安将头探进寝室，喊，“啊，文老师有事要宣布。”

蓝小朵无力地望着平安，绝望地惨叫一声：“天哪……”

又是几天忙忙碌碌的学习和生活，中途，蓝小朵等人又出去收集了一次食材。而作为小队长的她和张景俊又不免一阵斗嘴。

几天后，奥尔多·乔薇丽亚号上的通讯广播里响起朱老师严肃的声音。学生们的噩梦终于到来，奥尔多·乔薇丽亚号正式停止了对学生饭菜的供应。

这一天早上，朱老师大腹便便地走到讲台，清了清嗓子：“同学们，大家早上好。今天是奥尔多·乔薇丽亚号停止供食的第二天，大家都有何感想啊？”

回应朱老师的，是几声不知从谁肚子里发出的“咕咕”声。只见学生们大部分精神萎靡地趴在座位上，饿得几乎是东倒西歪。全班只有小部分人摊开课本，脸色还不错。这里面就有蓝小朵、张景俊等五人。

张景俊坐在蓝小朵身后，靠在座位上，歪着头，揪着蓝小朵的一绺头发，偷偷地编小辫子。

朱老师倒也不气，眯起眼睛，乐呵呵地打开电脑：“今天我们要讲的是昆虫。现在奥尔多·乔薇丽亚号停留的地方是中国中部一处原始森林。这里拥有丰富的生物资源，而昆虫作为生态圈不可缺少的一环，在森林里有着举足轻重的地位。它们是森林垃圾的清洁工，也是活跃在世界上的美丽生灵……

“我想做个调查，谁不怕虫子，请举手。”说着，朱老师点开了一个文件，电脑屏幕上开始播放一些图片，图片里是蟑螂、金龟子、螳螂还有各种奇形怪状的虫子。

几个女生当即发出几声害怕的尖叫。唐清树和平安也有点儿害怕，缩向蓝小朵。

蓝小朵率先举起手来，不过她身子一动，就觉得头皮一疼，忍不住轻轻哼了一声，扭头瞪了张景俊一眼，恨恨地小声喊：“张景俊，再拽我头发我就不客气了！”

张景俊挑了挑两道乌黑的剑眉，做出一副随时奉陪的欠揍表情。

朱老师看在眼里，轻咳两声，转而看向其他举手的人：“只有一半人不怕虫子吗？好吧，好吧。”他带着回忆和忧愁，唉声叹气地感叹起来，“现在的孩子怎么都这么害怕昆虫呢？想当年，我小时候，条件不好，经常在野外跑来跑去的，虫子虽然没抓多少，可也比你们吃过的米多多了。”

“其实虫子，我们也不是都怕……”一个女生支支吾吾地说，“朱老师，我就很喜欢蝴蝶呢！”

“蝴蝶吗？”朱老师转过身，换了一张浑身长满斑点的毛毛虫图片，“那你喜欢蝴蝶羽化前的样子吗？”

那个女生轻轻地“啊”了一声，身子猛地哆嗦了一下。

“很多昆虫的幼虫阶段也许并不光鲜，但那是它们为了生存所选择的道路，在它们变成成虫后，迎接它们的，是最美的风景。”

朱老师看向窗外。

初晨的光透过层层树叶，又穿过巨大而干净的玻璃窗，洒在车厢黑红色的地毯上。细碎的光点，犹如一地晶亮的宝石。

“昆虫如此，生活亦如此。一个粗糙简陋的花瓶也许是件举世罕见的文物，而一颗璀璨夺目的宝石也许只是一件赝品。所以，你们不能凭第一印象去判断一件事物的好坏，也不能凭第一印象否定和肯定某件东西。”朱老师目光灼灼地看着众人，“去接触、去实践，也许你们会发现自己未曾察觉的风景。”

朱老师说得响亮而严肃，他肥硕的身子立在讲台上，像一尊雕塑。

末了，朱老师说：“研究昆虫最好的办法之一，就是采集样本，做成标本。我们就以蝴蝶为例，这个季节，正是蝴蝶繁殖的高峰期，大家这两天可以结伴去森林里，收集一些蝴蝶样本。”

一听要去抓蝴蝶制作标本，学生们害怕的心情一扫而空，都兴高采烈地嘀咕起来。

“如果没有其他问题，我们这节课就先上到这里。”朱老师开始关电脑。

“朱老师！”

一个怯怯的声音响起。

蓝小朵犹犹豫豫地站了起来，想了想，终于一咬牙：“朱老师，针对捕捉蝴蝶制作标本的事，我有个想法。我……我觉得每一个生命从出生就被赋予了责任和使命，虽然说物竞天择，弱肉强食，但是，如果有方法更公平、更平和地对待它们，不是更好吗？我觉得，我们不如……”

朱老师露出惊异的神色，他认真地听着蓝小朵的提议。

蓝小朵双手紧张地握在一起，继续说：“我们不如去收集蝴蝶的卵，等它们孵化……直到它们羽化，最后等它们完成短暂的生命周期，自然死亡后，再把它们制作成标本。我认为，这比直接杀死它们，更有意义！”

朱老师双眼明亮起来，他哈哈一声大笑，晃动着肥肉，走下讲台，走到蓝小朵身边，示意她坐下，接着用洪亮的声音说：“不得不说，蓝小朵同学的提议很棒。你们觉得怎么样？”

“超酷！”全班同学高声赞同。张景俊虽然不屑地“嘁”了一声，但看向蓝小朵的目光，却比以往更多了一些东西。

“既然这样，那你们就要设法收集蝴蝶的卵和宿主。有关卵和宿主的知识，我晚上会整理出一份资料，发给你们。”朱老师满意地看着蓝小朵，“你们要向蓝小朵学习啊，我听说，她做的饭菜可香了。嘿嘿，不知道哪天老师我也有口福尝尝啊……”

蓝小朵看着朱老师这咽着口水的模样，不禁求饶：“我做的饭超难吃！”

“是吗？”朱老师若有所思地看向她身边。

蓝小朵下意识地跟着看去，见身边的平安、唐清树，身后的张景俊和江岱川都齐齐摇着头。

“小朵做饭简直超棒！”平安“哇哇”地喊。

“是啊，我都羡慕死小朵啦。”唐清树嘿嘿笑着说。

“我可以证明，蓝小朵同学做饭很好吃！”江岱川捏着下巴，肯定地说。

“朱老师，蓝小朵欺骗师长，我认为理应被罚。”张景俊抬起帅气的脸，正义凛然地建议，“不如让她打扫卫生一个月。”

蓝小朵感到一阵眩晕，不禁抱怨起这群猪队友来，特别是讨厌的张景俊！

当天晚上，三班全体学生拿到资料，两天后的早上，跟其余班的学生一起，背着装备各自出发了。

蓝小朵五人依旧一起行动。

走在前头的蓝小朵又想起自己那天看到的黄色虫卵，昨天，她课余时间把那粒虫卵拿给朱老师看了看。

朱老师说这是蝴蝶的卵。蓝小朵很是惊喜。可朱老师接下来的话，却让蓝小朵再次失望起来，他说他也分辨不出这粒卵到底是哪种蝴蝶的，而且还说这好像是一粒死卵。

死卵意味着不能孵化，也就是永远不会变成蝴蝶了。

蓝小朵轻轻地叹了口气，摇摇头，不再去想这件事。

森林植被十分茂密，种类丰富多样，能为蝴蝶提供满意的寄主。说到“寄主”，也就是指蝴蝶的卵寄生的某种植物。卵孵化后，幼虫生活在这种植物（寄主）上，取食枝叶，然后变成蛹，最终羽化。

可是蝴蝶飞来飞去，茫茫森林，要寻找它们的卵谈何容易？

蓝小朵几人一路寻找，已过晌午，毫无收获。

2

又继续行进了几个钟头，临近傍晚，森林里的光线退去。湿冷的雾气开始隐隐约约地升起，如挥舞的手臂。

蓝小朵五人感到冷，纷纷抱着手臂，聚到了一块儿。

森林里的蝴蝶却好像不受影响，更频繁地出没，甚至很多从高空落了下来。它们纠缠着，或一群或单独，鬼魅一样在灌木和植被间飞舞。一些蝴蝶落在了某些植物的叶子上，翅膀扇动，尾部在叶子上频繁地蹭来蹭去。

蓝小朵惊呼一声，小心翼翼地跑过去，凑近了一看，那叶子上赫然点缀着一粒白色的卵。

蓝小朵摘下这片叶子，小心地放进了盒子里，然后在同种植物上又寻找到几粒卵，通通取下来。唐清树围过来，接过盒子，做上标记，然后摘了一些蓝小朵发现的这种植物的叶子，又用相机拍下了这种植物。

五人当即忙碌起来。

等收集到足够的卵和宿主后，天色已经更深了。

蓝小朵看了看表，又从包里拿出指南针，准备看看方向，可就在这时，她突然听到一阵奇怪的摩擦声。

这声音很轻，像是有人从枝叶里蹚过。

循着声音看去，蓝小朵一个激灵。

远处的灌木丛后，一道无比模糊的黑色影子晃了晃，闪向了森林深处。

平安，想抓到神奇宝贝吗？
来和我组队吧！
平安，他要有那个本事，怎么自己都没一只神奇宝贝？
你在嫉妒我的才华吗？
你的才华？
哼，这是我今年听到的最好笑的笑话。

蓝小朵心里升起一股寒意，她后背发毛，呼吸都要停止了。是动物吗？不，这个黑影，高高大大的，看起来，是一个人，绝对是一个人！

这让她想起前几天晚上瞅见的那双眼睛，更大的恐惧和不安朝她袭来。

那双眼睛的主人是谁？这个身影又是谁？他们之间有联系吗？这些人是生活在森林里的居民？可是这种原始森林，会有人居住吗？蓝小朵脸色惨白地想。

“蓝小朵，你怎么了？”江岱川见她脸色极差，关心地问。

蓝小朵心悸地望向黑影消失的方向，狠狠一咬牙，就朝那个方向追去：“那边有人！”

其他几个人愣了愣，心里虽然不解，但眼看蓝小朵跑远了，也急忙追过去。只是几人中，张景俊的眉头皱得最深。

“哗哗！”蓝小朵撑起手臂开路，低垂的树枝和藤蔓“啪啪”地打在她手臂上。她不顾烧灼般的疼痛，侧着耳朵捕捉着远处的穿行声，眼睛一眨不眨地盯着前方。

虽然觉得十分不安，但蓝小朵并没有退缩。此刻，她只想弄明白这个神秘的黑影，到底是谁，跟那双诡异的眼睛有关联吗？他们是无意路过还是有意为之，到底有什么企图？

前方的脚步声有点儿凌乱，听得出那个人也并不平静。这让悬着一颗心的蓝小朵稍微松了口气，因为这种凌乱，代表她发现对方的事，让对方也很意外。

身后响起急匆匆的脚步声，张景俊、江岱川等四人已经追了上来。

张景俊跑得快，拨开眼前的藤蔓，跟蓝小朵并排跑到了一起。他此时不再如平时那般轻浮，而是显得很冷静，那双深邃的眼睛，嵌在眉弓下，闪烁着莫名的光芒："蓝小朵，你看到对方的样子了吗？确定是人而不是……猴子？"

"没有……"蓝小朵跳过一块石头，"但我确定是人。"

张景俊点点头，没再问什么，而是加快了脚步，先一步越过蓝小朵，钻进黑黢黢的灌木丛里。

张景俊的身影消失后，蓝小朵能听到他那急促又稳重的脚步声。

下一刻，前方响起"嘭"的一声重响。

蓝小朵心里着急，身子向前一扑，终于钻出了这片密集的灌木丛。她朝前看去，见是一片稍显空荡的平地，一个人影停在中央，前面有块不小的石头。

张景俊不知是怎样跑到人影前面的，拍拍手上的泥土，笑着说："请问，你是谁？"

蓝小朵绕到张景俊身边，终于看清了这个人的真面目。

这个人肩膀宽阔、身材匀称，看得出是个男性。他穿着黑色的紧身衣，胸前挂着一个细窄的胸包，戴着黑色的大帽子，脸上还戴着一副狰狞的猿猴面具。他的双眼藏在面具黑糊糊的眼洞里，看不真切。

猿猴面具人不理会张景俊的话，而是看了看首先发现他的蓝小朵，突然低笑一声，转个方向朝一旁逃去。

张景俊脚下没动，浑身散发着一股凌厉的气势，他一皱眉，操起手旁的一截儿枯树枝，猛地朝猿猴面具人的背影甩去。

树枝化作一道残影，箭一样破开空气，狠狠射过去。

猿猴面具人身子一晃，就闪开了，并在树枝飞过他身边的一瞬，伸手攥住了它，反向一甩，以更大的力道投掷了过来。

蓝小朵眼看树枝射向自己，想躲却脚下一滑，就要避不开了，心里陡然一凉。

忽然，她感到手臂被人抓住了，然后一股力量拽着她脱离了原地。树枝飞速射过，砸在地上。蓝小朵稳住身子，才发现救下自己的是张景俊。

她抽回自己的手臂，脸有点儿红，顾不得说谢谢，忙去看猿猴面具人。

可哪里还有猿猴面具人的影子。

见猿猴面具人逃掉，蓝小朵有些不甘心，但也无可奈何。她咧着嘴，揉了揉手臂，回想着这一路追来，张景俊表现出的敏捷凌厉的身手，让她有点儿惊异。

“这次……谢谢你了。”蓝小朵突然又想到之前张景俊那莫名其妙的短信，心里一动，盯着张景俊的眼睛，试探性地问道，“不过你居然能拦住这个神秘人，而且身手还这么厉害，让人惊奇啊！”

张景俊方才的气势如潮水般退去，又恢复了往日的狡黠，语气轻松地说：“那是当然。我从小就跟着叔叔学习柔道和各种武术，拦个人还不是小意思？”

蓝小朵见试探不出什么，就沉下心思，问："那你觉得我们碰见这个人，是意外吗？"

"我觉得……"张景俊看了看那人逃走的方向，摇摇头，"不是意外。"

"你觉得这个人有什么目的？前天晚上，我看到一个人出现在奥尔多·乔薇丽亚号的附近。"蓝小朵琢磨了下说道。

"不会吧？难道他们是一伙的？是打奥尔多·乔薇丽亚号的主意？"张景俊闻言，更加吃惊，张大了嘴。

"小朵，你们……跑得太快了……"这时，平安他们三个也气喘吁吁地赶了过来。

之后，蓝小朵将方才的一幕描述了下。平安他们都很是震惊。五人一番商量后，准备回去告诉老师。

天色已经很晚，森林里飘起一阵阵雾气。虫鸣声此起彼伏地响起。蓝小朵看了看时间，"哎呀"一声，招呼其他人，赶紧朝回赶。

张景俊走在后面，回头看了看猿猴面具人逃走的方向，再次深深皱起眉头。他掏出手机，拨弄了一会儿，然后收起来，重新追上其他人。

看着张景俊跑到江岱川身边，搭着他的肩膀，嘻嘻哈哈地说着什么，蓝小朵却感到一丝更大的不安，她咽了咽口水，放在胸前的手攥紧了背包的带子。

她又一次听出了张景俊的短信，而这个短信的内容，让她陷入更深的疑惑中。

张景俊，伯母还好吗？

蓝小朵他们是最晚回到车上的。

他们五个一起来到老师办公室。办公室里只有朱老师一个人。蓝小朵他们忙将遇到的事情告诉了他。

朱老师惊得从椅子上站了起来，眼皮狠狠地跳了跳，眉头紧锁，急忙问：“你们说遇到了神秘人，那你们抓住他了？”

“他逃走了，还戴着面具，穿着紧身衣。我们连他长什么样子都没看到。”蓝小朵摇摇头说。

朱老师摸了摸眼皮，“嗯”了一声，他走到办公室门口，瞅了瞅过道两侧，然后关上门，拉上窗帘，重新坐回了椅子上，对蓝小朵他们说：“这件事，我会和别的老师一起商量，然后汇报给校方。但你们一定要保密，切记不能让别的学生知道，明白吗？”

“嗯。”蓝小朵他们纷纷点头。

之后，他们几个跟随朱老师，将收集到的蝴蝶卵和宿主放到了生物实验室，用塑料盒分类，并记上了各自的名字。如果不出意外，一周内，这些卵就会孵化。

回到寝室，蓝小朵她们三个洗漱一番，都疲惫不堪地躺在床上。平安翻起漫画书，唐清树整理着自己的各种头饰和化妆品，蓝小朵百无聊赖地拿起那粒“死卵”看了又看，将它放在了书桌上。

熄灯不久，蓝小朵就沉沉进入了梦乡。

同一时间，在奥尔多·乔薇丽亚号附近的一棵大树旁，几个面具人零散地聚在这里，沉默着。

其中一人就是猿猴面具人。此时，他倚着树，不知在想些什么。

“哗哗！”灌木丛里传来窸窸窣窣的声音。

除了猿猴面具人，其他面具人都绷紧了身子。

这时，灌木丛一分而开，两名面具人谨慎地从树丛里走了出来，是分别戴着狗熊和老虎面具的人，他们戴着眼镜，手腕上戴着一个奇怪的仪器。

树旁的其他面具人放松了下来。

“你们今天的任务完成了？”其中的野鸭面具人问。

“当然。”老虎面具人对野鸭面具人的询问有点儿不满，他冷冷地哼了一声，径直走到猿猴面具人面前，将仪器嵌着的一个拇指大小的玻璃瓶取下来，递给了后者。

猿猴面具人对面具人间的摩擦无动于衷，在见到递来的玻璃瓶时才动了下身子。他伸出手，接过玻璃瓶，然后举在眼前，满足而痴迷地笑了笑。

玻璃瓶里有什么？透明的瓶子看起来空无一物，可是里面却发出一阵“哗啦哗啦”的水声。

“哗哗……”

是流水的声音。

蓝小朵迷迷糊糊地感到，仿佛有一股清凉的水流温柔地抚摸着自己的额头。这股水流缓慢而平静，带着一丝欢快活泼的气息，“哗哗”地又流淌过她的鼻尖和下巴，接着是手臂、手背，直到指尖……

蓝小朵昏昏沉沉地做着一个梦，梦里有一朵蓝蒙蒙的云朵，忽悠忽悠地飘来飘去，最后朝那粒卵飘去……

第二天，蓝小朵意外地醒了个大早。她只感到比平时更加精神了。她掀开窗帘，见外面已微蒙蒙亮，便从床上下来，打开了书桌上的小台灯。

她伸了一个懒腰，准备坐在板凳上整理下学习材料，却突然愣了一下。那片叶子上的卵呢？她疑惑地揉了揉眼睛，仔细看去，惊讶地捂住了嘴巴。

只见一条超级小的幼虫从叶子背后探出了头。

“天哪！”蓝小朵兴奋地跳了起来。

这粒“死卵”，居然孵化了！

早上去上课时，蓝小朵激动地带着这条幼虫，去了生物实验室，将它安置在一个舒适的“房间”里。

朱老师得知这粒“死卵”孵化，亦是十分吃惊。

“蓝小朵同学，你能不能把它交给我研究研究？”朱老师盯着这条幼虫，眼睛放光，语调急促，“它居然孵化了！是我之前判断错误，还是它是一种特殊的变异个体？我看很有必要将它解剖了研究一番！”

“不！朱老师，我不会把小黑交给您的！”蓝小朵见朱老师满脑子都是学术研究，赶忙把幼虫揣在胸前，坚定地高声回答。“小黑”

是蓝小朵给这条幼虫起的名字。

“好吧，好吧。”朱老师哀叹了一声，拍了拍自己的大肚子，“既然这样，那你就帮老师多观察观察它。也许它真的是某种新生物种呢！不过，作为补偿，蓝小朵同学，你难道不应该请老师尝尝你的手艺吗？”

蓝小朵觉得朱老师好赖皮，不仅要抢走她的小黑，还要以被拒绝为理由让她用饭菜补偿。不过不管怎么说，朱老师作为班主任兼授课老师，对蓝小朵还是颇多照顾的。所以为了小黑，蓝小朵只能小鸡啄米般地点头。

蝴蝶的发育要经过四个阶段——卵、幼虫、蛹、成虫。卵孵化后，成为幼虫，幼虫大量取食宿主，变成蛹。幼虫在蛹里进行最后一次变态（昆虫发育过程），最终会破壳而出，成为美丽的成虫。

接下来的一段时间，蓝小朵倒是再没有发现过黑衣人。她想问问朱老师有关这些人的事情，但是看到朱老师以及其他老师毫不担心，便渐渐心安下来。

也许，老师们已经采取了行动，将这些人全赶走了也说不定。

期间，蓝小朵他们几个的土地有了收获。朱老师终于如愿以偿吃到了蓝小朵做的菜，大声赞叹后，又拉着其他老师，借着他们的名义蹭了一次又一次饭。

奥尔多·乔薇丽亚号上的生活看似平静了，但接下来，文老师的负重训练、马老师的魔鬼地图游戏，还有朱老师指导的青蛙解剖，却让学生们再次哭天喊地起来。

而奥尔多·乔薇丽亚号，也要继续起程了。

旅程继续，学习继续。

经过数次蜕皮，学生们的幼虫们已经到了化蛹的阶段。因为种类差异，有些人的虫子十分肥硕，有些人的虫子颜色十分鲜艳，有些人的虫子威风凛凛。

张景俊和江岱川两人培养的虫子体形十分巨大，绿色的身子上长着数目众多的黄色斑点。平安和唐清树的虫子小巧一点儿，显得很可爱。只有蓝小朵的小黑身体颜色难看，体形瘦弱，干巴巴的，看起来像一根枯草。

幼虫们纷纷化蛹。蓝小朵的小黑也化成了蛹，只不过，它跟别的蛹比起来，显得暗淡无光。

在大家的期待中，平安的蛹第一个羽化了。

这是一只素雅灰蝶。它的体形十分娇小，翅膀正面泛着淡紫色的光，背面的白色花纹像飘动的白云，两抹橙色在白云里闪耀，像两盏小小的灯笼。

在接下来的几天里，好像接收到了某种讯号，一只只蛹颤动起来。如一个个花骨朵，悠然地昂首挺胸，它们在微风中疯狂地绽放。

这些美丽的蝴蝶颤动着娇弱的翅膀，吸食着学生们准备好的糖水和花蜜。在初晨的阳光照耀下，蝴蝶翅膀上的粉，点点闪烁，像一颗颗璀璨的星辰。

所有的蛹几乎都羽化了。朱老师便让学生们轻轻打开玻璃罩。蝴蝶们再无阻拦地飞了出来。

只有蓝小朵的小黑还没有羽化。

课堂上，学生们例行进行蝴蝶生命旅程的记录。小黑依旧毫无动静。

蓝小朵忐忑极了，她看着眼前暗淡无光的黑蛹，不知怎么的，脑子乱糟糟的。她情不自禁地联想到了自己。她觉得自己就像小黑一样，浑身透着俗气，哪里都普通至极。她被彷徨和自卑禁锢，“呼呼”地喘着气，几乎要窒息了。

“咔！”

闹哄哄的讨论声中，出现一声突兀的脆响。

蓝小朵从惊悸中猛地醒来，她使劲儿甩了甩脑袋，看向了身边的蛹。

黑色的蛹突然颤动了一下，那黑色的身子在阳光的照射下，无比深邃。

又颤动了一下。

伴随着更多的碎裂声，一道裂纹从蛹背上裂开。

一瞬间，裂纹蛛网般覆盖了整个黑蛹。一只白色的触角探出了蛹，接着是另一只触角，最后是白玉般的身子……

蓝小朵张大了嘴，惊喜得要喊出来啦。

小黑的身子暴露在空气里，背后的翅膀迅速地伸展和硬化。它的前翅宽大而修长，像两片薄薄的蓝玉片，蓝色的后翅上点缀着几枚巨大的红色斑点，还拖着两根细长的蓝色凤尾。阳光下，美丽的翅膀反射着幽深却明快的深蓝色。

翅膀颤了颤，小黑化作的蓝色蝴蝶就飞了起来。

这一刻，实验室中的所有蝴蝶，飞舞的、觅食的、嬉戏的全都静了静，然后朝着蓝色蝴蝶簇拥过去。这一刻，蓝色蝴蝶迎过去，挺着妖娆的身姿，飞舞起来，璀璨夺目如一颗闪烁的蓝宝石。

平安和唐清树围了过来，跟着蓝小朵一起看着满屋子飞舞的蝴蝶，幸福又满足地笑起来。

张景俊倚在实验室门旁，然后看着欢呼的三人，耸了耸肩，嘴角却不禁上扬起来。

【六】双人越野比赛

1

周日上午。

镜子。

镜子里的人是谁？

柔顺的长发瀑布一样披散在背后，一双黑色的大眼睛出神而愣怔，洁白的牙齿轻轻咬着淡粉色的下唇，微微翻开的米黄色蕾丝领口，洁白纤细的脖子上戴着一串紫水晶吊坠……镜子里的人穿着一件垂着流苏的米黄色连衣裙，踏着一双深红色的、镶有水晶的中跟小皮鞋。

哦，镜子里的人转了转。

薄如蝉翼的裙摆随之荡漾，流苏如秋叶般悠然撒落。

“喂，朱老师召集大家去大厅，说有事情通知，就差你们没去……”

一个懒洋洋的声音出现在寝室门口，但这个声音，在它的主人看到眼前一幕时，戛然而止。

张景俊顶着一头帅气的黄发，一如既往的阳光和慵懒，但在此刻，他好看的眉头猛然皱起，眼睛瞪得溜圆，脸上闪过一丝绯红。虽然十分疑惑，但他站直了身子，礼貌地问道：“请问，你是……”

可是未等他说完，面前的女生就气冲冲地走过来，二话不说，“砰”的一声关上了门。

“哎呀，皮鞋好挤脚！”女生将鞋子脱掉，露出白皙的小脚。

“哎呀，衣服好透！”女生坐到床上，将裙摆掖在腿下。

“哎呀，头发散开好难打理！”女生说着就拿出一根皮筋。

“清树，快把她的皮筋抢过来！”平安大叫着，将手里的粉饼搁在桌子上，叉着腰，走到女生面前，左看看，右看看，“小朵，你看看你，关个门都能把脸给弄花了，只能再补一补了。”

蓝小朵捂着脸，恐惧地看着眯着眼的平安，转头看向唐清树：“清树，快救我！”

唐清树坐到蓝小朵身边，握着她的手，深情款款地看着她的眼睛：“小朵，你的愿望我们都听到了。你知道吗，我和平安，每天晚上都被你的梦话惊醒。”她从蓝小朵手里拽出皮筋，将它丢进了垃圾桶，“小朵，如果你想实现愿望，就要听平安和我的，知道吗？”

蓝小朵没想到一直腼腆而文静的唐清树也突然变得这么可怕，

便说道：“清树，你不要跟平安一起闹啊！”

“才不是闹呢。”唐清树甜甜一笑，“这是女生的本性嘛！你看你不也是梦里一直喊——‘啊，好想变漂亮，好想变漂亮’呢？”

蓝小朵赶紧捂住耳朵，脸羞得通红：“才不是。我什么时候说过梦话？明明是你们拿着自己的鞋子、衣服，还有项链，往我身上套……”

平安和唐清树不置可否地互看一眼，在蓝小朵一波波的惨叫声中，幽怨地抓起粉饼和头饰，继续朝她扑去。

不一会儿，门重新被打开。

张景俊竟然没走，倚在一旁，上前一步，看到平安和唐清树一左一右，携着那个女生往外走。

刚刚被冷漠对待，张景俊丝毫没感到尴尬，笑脸相迎：“平安同学，这位是谁？难道是别班的同学？”

蓝小朵脸上发烫，朝他喊：“张景俊，你够了！”

张景俊僵了一下，发现这女生头发蓝得深邃，接着反应过来，惊讶地张大了嘴巴：“你是蓝小朵？”

蓝小朵从平安和唐清树的魔爪中挣脱开来，朝张景俊哼了一声，留下仍然处于僵硬状态的他，提着裙子，“噔噔噔”地走去大厅。

大厅两侧的窗台上，摆放着几束新鲜的百合花，空气里荡漾着清新的气息。

五个班的学生都聚集到了这里，老师们也到了。

蓝小朵的到来引起了众人的注目。她心里想着唐清树的叮嘱，挺着胸，迈着很小的步子。大家都对这个优雅清新的女生产生了兴趣，小声地议论起来。

蓝小朵心里小鹿乱撞，来到了朱老师带领的三班里。

朱老师“咦”了一声，试着问：“蓝小朵同学？”

蓝小朵“嗯”了一声，别扭地快速低下了头，因为她感到自己脸上滚烫，肯定已经红得不成样子了。

三班的男生女生几乎同时发出一声惊呼，马上交头接耳起来。老师们看着这些学生，无奈又感叹地笑了笑。

文老师笑着笑着，见张景俊他们也跑来了，就朝前跨了一步，红色的高跟鞋在地板上发出“哒”的一声清脆的声响。

她用手势打断了学生们的议论声，然后拨了拨红发，清了清嗓子，柔声细语地问：“大家来到这里已经有一段时间了，不知道有没有适应特殊的列车生活呢？”

学生们整齐地排着队，齐声喊：“文老师，我们已经适应了！”

文老师的高跟鞋再次敲击了一下地面：“有没有抱怨我的体能训练，或者别的老师的魔鬼课程？”

学生们心里哆嗦了下，扯着嗓子回答：“没有！”

文老师抱着肩，点点头：“那就好。我说过，你们在奥尔多·乔薇丽亚号上，要学会灵活变通，更要努力使自己各方面强大起来。我们做的一切，都是为了你们好啊。今天把你们召集起来，确实是有事。接下来，奥尔多·乔薇丽亚号会到达一处深山里的盆地。”

文老师看了看窗外飞速掠过的山影，继续说：“我们计划在那里进行一场双人越野比赛。”

学生们纷纷张大了嘴巴，禁不住又要讨论起来。

“我想让你们重视起来。这次比赛和之前你们的外出都属于实践课，在奥尔多中学，实践课和文化课不分伯仲，甚至在某些方面，比之文化课更为重要。而且你们的学年成绩，实践课的成绩占据了很大的比例，所以你们必须重视。”文老师说，“比赛规则：通过抽签，同学们两人结为一组；盆地里的树林、草地、湖泊等是天然障碍，率先到达我们设置的终点则获胜。比赛前三名将得到国际当红男星皮特·维斯和当红女星戴安娜的亲笔签名！”

学生们红了眼睛，这两人在如今的影坛上，声势如日中天，是真真正正的巨星。如此诱惑人的偶像签名抢破了头都要得到！

文老师古怪地一笑：“除此之外，冠军还会获得一个由校方直升机空运来的三层巧克力水果蛋糕！”

“什么？”学生们彻底炸开了锅。

自从列车不再供应食品以来，饭菜不仅要自己做，而且味道实在是令人无力吐槽。一直处于饥肠辘辘状态的众人，现在听到冠军有蛋糕奖励，还不疯了？就连蓝小朵也狠狠地吞了吞口水。

看到学生们斗志昂扬、无比亢奋的样子，文老师满意极了：“既然这样，现在抽签，我们到达盆地就会设置好比赛路线。哦，对了，抽签看运气，不分男女，混抽！”

每个人在兴奋之后，又因为文老师的话揪起了心。

结果……

“天哪！”蓝小朵瞪大了眼睛，看着手里的号码。她居然跟张景俊抽到了同一个号，这意味着他们是一组。

平安一把鼻涕一把泪地又扑向蓝小朵：“小朵，你一定要夺得冠军啊！然后……然后把皮特·维斯的签名挂在我们寝室！”

唐清树也眨着大眼睛，眼中含着泪看向蓝小朵。

平安和唐清树不幸抽到了一组。

“张队长。”江岱川拍了拍张景俊的肩膀，凑过去，嘿嘿笑，“签名靠你了，还有蛋糕。”

江岱川和班里的一个女生一组，而张景俊居然跟蓝小朵抽到了一起。

张景俊的目光从蓝小朵身上收回，瞟了瞟周围，踢了江岱川一下，狡黠地说：“那是当然，如果没有人拖我后腿的话……”

眼看张景俊和蓝小朵之间又要硝烟弥漫了，江岱川赶紧搂着张景俊，扭过头不停地给平安使眼色，意思分明是——快去做蓝小朵的思想工作，我们的希望就寄托在他们身上了！

半日后，奥尔多·乔薇丽亚号从一片青山的包围中突破出来，一声鸣笛，缓缓朝下方的盆地滑去。

从列车上俯瞰，这是一片地形复杂的盆地，四面环山，一条蜿蜒曲折的带状湖泊，绸带一样横亘在盆地中央，正午的阳光下，闪烁着耀眼的光芒。湖泊四周散落地生长着很多红褐色的树丛。因为靠近北方，这里的树种大多是落叶树木。

列车缓缓停了下来，弯曲的身躯环在山腰上，迎着阳光，在大树的缝隙中，闪着银色光芒。

下了车，学生们站在岩石上，朝远方再次看去，这才发现，盆地的环境比想象中的要复杂。地毯一样的草地上偶有蓝色的溪流和黑色的沼泽，虽然看起来并不是很危险，但在比赛的过程中，这些肯定都会成为阻碍选手前进的障碍。

第二天一早，朱老师戴着一顶遮阳帽，领着众人来到山下某条溪水的源头处，朗声宣布："老师们昨天已经设置好了终点，鉴于这片盆地的面积过大，所以没有既定的路线，只要你们能在明天傍晚前到达终点，就算获胜！"

遮阳帽被朱老师的头撑得仿佛下一刻就会爆掉，于是朱老师干脆拽掉了帽子："昨晚分发给你们的定位仪会显示终点的方位。如果遇到不能解决的危险和状况，记得用通讯机联系我。"

奥尔多·乔薇丽亚号上昨晚已经架起一个能覆盖这片盆地的小型信号接收器，以方便给学生提供帮助。

最后，朱老师响亮地吹了一声口哨，庞大肥硕的身子背着阳光，举起肉乎乎的拳头，用无比浑厚的声音喊："希望你们能挑战自己，取得成功！"

"谢谢老师！"学生们行了礼后，便两人一组分散开来，朝树林里奔去。

"各位，加油！"江岱川和那个同班的腼腆女生一组，走向树林前，对蓝小朵、张景俊等四人举起拳头。

等平安和唐清树也走进树林后，蓝小朵和张景俊朝树林另一个方向走去。

蓝小朵穿着一件绿色的女士连体工服，腰部收紧，系着一条黑色的小皮带，皮带上别着一把小巧的瑞士军刀，还挂着一串尼龙绳。她的头发不再扎成马尾，而是继续披撒下来。深蓝色的长发披在背后，两侧的头发被她编成了两根细长的辫子，辫子捆住了中间的头发，洋洋洒洒却显得干净利索。一截儿红色的丝带缠绕在辫子交结处，被编织成一个小小的蝴蝶结。

随着蓝小朵的走动，她的头发波浪一样悠悠地晃起来，蝴蝶结点缀其上，如一朵悄然绽放的红花。

张景俊呆了。他同样穿着一件工服，靠着一棵树，暖暖的阳光迎来，将他干净帅气的脸庞映得迷离而朦胧。

好一会儿，见蓝小朵走远了，他使劲儿摇摇头，才把身上的背包往上背了背，追了过去。

两人穿行在树丛中，身前有树枝阻挡，脚下的藤蔓和杂草十分茂盛，每前进一段都累得够呛。

“叽！”

突然，一旁的草丛中蹿出一个硕大的灰色影子。

这灰影面部狰狞，长着几根长胡子，龇牙咧嘴间，发出吓人的尖叫声。

“啊……”蓝小朵正专心走路，突然被如此恐怖的灰影惊到，脚下一软，差点儿跌坐在地。

灰影落地后，警惕而凶狠地继续尖叫。它的体形很大，堪比一只大猫，黑色的嘴巴尖尖细细的，锋利的牙齿泛着森森的寒光。

等蓝小朵看清眼前的灰影后，她的脸变得无比惨白。蓝小朵天不怕地不怕，最怕的就是老鼠。一只小白鼠都能吓得她“哇哇”大叫，更何况眼前还是只野生的黑色巨鼠？

她慢慢退到张景俊后面，抓着他的手臂，颤抖地嚷：“快，快把它赶走！”

张景俊觉得蓝小朵真是有趣，哈哈一笑：“我为什么要帮你？我又不怕老鼠。”

蓝小朵一惊，咬着牙暗恨，她瞥见老鼠毛茸茸的长尾巴，整颗心都吊了起来，面子也不要了，求救地喊：“因为……因为我们现在是一条绳上的蚂蚱。你不帮我，我们怎么比赛？”

“比赛？”张景俊耸耸肩，若有所思地回答，“明星签名算什么，我想要的话，不知多少明星期待跟我共进晚餐呢。蛋糕？信不信我现在就唤来一架满载蛋糕的直升机？”

蓝小朵觉得张景俊实在太可恨了，她丢开他的手臂：“那算了，我不走这条路了！”

“周围是沼泽，只有这条最适合了，你换路就不怕耽误时间而输了比赛吗？”张景俊揶揄地笑起来。

蓝小朵气得发抖。

“我可以帮你，不过你要答应我，在我有需要的时候，无条件地替我做一件事。”张景俊笑嘻嘻地讲条件。

学校去哪儿

蓝小朵盯着他，尽量让自己平静："好，我答应你，但是这件事不能太过分，否则我可不会去做！"

"当然。"张景俊点点头，朝那只大老鼠走去。

老鼠警惕地压低身子，凶目一瞪，从地上飞身而起，利箭一般朝张景俊扑去。

张景俊微皱眉头，脚步一顿，身子闪向一旁。老鼠扑了个空，却不放弃，飞快地在地上一滚，再次跳起来，扑向张景俊的背后。

蓝小朵的心一下子悬了起来，紧张地攥着衣角，手心里捏着一把汗。

张景俊像是早预料到老鼠会从他背后偷袭，嘴上轻轻一笑，两脚一点地，就从地上跃了起来，并借着力道在半空翻身。

他在半空侧着身子，和老鼠交错而过的一瞬间，飞起一脚，踢中了老鼠。

老鼠痛得大叫一声，跌落到一旁的沼泽里，狼狈地钻进水里，不见了。

张景俊在半空又一个翻身，准备稳稳落下。可就在这时，一个东西从他裤兜里掉了出来，一下掉在了地上。

张景俊站稳了，俯身去捡，那个东西却"嗡嗡"地振动起来。张景俊翻开手机看了看，又重新合上。

蓝小朵刚刚从老鼠的惊吓中回过神来，看到张景俊的手机响起来，一颗心重新吊了起来。

张景俊将手机装进裤兜里："再不走，那只老鼠还会来哟！"

蓝小朵蹙着眉，跟过去。

“你的手机也太土了，哈哈哈……”她故意笑得前仰后合，试探性地喊，“看你时不时玩手机，是在发短信吗？”

接着，她夸张地张大了嘴巴，露出难以置信的表情：“啊，该不会自己给自己发吧……”

“什么？”张景俊本来挂着笑容的脸一下子就变了。他一把钳住蓝小朵的手臂，眼睛收敛了光芒，变得乌黑而深邃，用冷冷的语调说，“你乱说什么？”

蓝小朵迎着他的目光，哆嗦了一下，强笑着回答道：“这深山里又没有信号，你怎么能发出和收到短信呢？你的手机会响，嘿嘿，是不是你自己故意弄出来的手机提醒？也许……你想要引起别人的关注……”

“啊，不会吧！”蓝小朵再次夸张地叫起来，“你不会是双重……”

张景俊看着蓝小朵一惊一乍的，却眯起眼睛，松开了她的手臂。

他突然弯起嘴角，露出一如既往的笑容：“我说你是傻还是笨，这有什么奇怪的？只要手机有强大的信号接收系统，在深山里也有信号。你只是没见识过而已。还有，我不是你说的双重人格，我很正常，我想给谁发短信就发短信，又没影响到你。”

张景俊钻进了前面的树林，然后回过头幽幽地说道：“你再不快点儿，就要天黑了。”

蓝小朵揉了揉手臂，看着张景俊消失的方向，咬了咬牙，跟了上去。

刚刚，张景俊流露出的敌意让蓝小朵心里发寒，她敢肯定，一旦对方知道她可以听出短信内容，绝对会毫不犹豫地跟她翻脸。张景俊的表现和反应，让她知道，她不能轻易让他知道自己听到了他的短信内容。

她心里叹了口气。她不知道张景俊到底有什么秘密，也不知道他为什么会频频给自己发短信，这一切，在这一刻，终于化作一层浓雾，彻底笼罩在了她的心头。

也许每个人都有一个属于自己的秘密。蓝小朵思绪纷乱地想。

2

夕阳终于依依不舍地藏进了大山深处。

冰冷的袅袅雾气盘绕在地面之上，草丛、树叶，甚至空气里都凝聚了一颗颗晶莹的水珠。蓝小朵拨了拨被雾气打湿的长发，感觉身上的衣服也黏糊糊的，就慢下了脚步。

张景俊卸掉背包：“我们先休息休息。”

说着，他从包里掏出一盒火柴，以及一小瓶燃油，然后去周围捡了些树叶，将油滴在湿漉漉的树叶上，点燃了。

微弱的火苗在黑暗里跳跃，红色的光芒将两人的面容映得异常柔和。

没多久，壮大的火焰将两人的身体烘烤得不再寒冷。

蓝小朵看着“呼呼”蹿动的火焰，微微抬头，瞥见张景俊喝了口水后又拨弄起手机。

她又留意起张景俊的短信，但这次她并没有想着去听。她也掏出自己的手机，一个终端机，开机。

毫无信号。

“说起来，我还不知道你的手机号呢。”蓝小朵用指尖划着屏幕。

张景俊抬起头，眉弓之上被火光映得蒙蒙亮，瞳孔如一池熔化的金子：“知道了又怎样？又没有信号。”

蓝小朵一愣，见他面无表情，心里忐忑，问：“还在生气？我白天随口说说，你别在意……”

“我说你手机没信号。”张景俊突然咧开了嘴，露出一排灿烂的白牙，他笑着耸肩，“而且别把我想得那么小气，我不生气。”他合上自己的手机，捡起一截儿树枝，在地上写出了一串数字。

“没生气就好。”蓝小朵把数字输入自己的终端机里，然后鼓起勇气，问，“在给父母发短信？”

“不。”张景俊并没有躲避，而是出神地盯着晃动的火焰，他的头低下来，表情平静，“一个朋友。”

“女朋友？”蓝小朵随口接道。

张景俊抬起脸。

“哦，我的意思是女性朋友……”蓝小朵觉得脸上又开始烫起来。

张景俊嘿嘿一笑：“不，男性朋友。我的……”

他重新看向火焰，金子般的眼中闪过一些复杂的光芒——

“最好的朋友。”

最好的朋友。

蓝小朵沉默了，她抿着嘴，将下巴搁在了膝盖上。

她不禁有些自责，自己偷听张景俊的短信，还这么在意这么旁敲侧击，实在是太不道德了。她只能压下继续打听的冲动，虽然她心里依旧有无数个问题。比如：他为什么喊别人张景俊？难道他的好朋友，也叫张景俊？

“哔……”

火焰烧塌了堆叠的枯枝，上层的枯枝跌落下去，溅起了一溜溜四窜的火蛇。

更强的光芒一闪即逝，在这一刻，不仅映得蓝小朵睁不开眼，也映得周围的树林很亮。

“嗨，蓝小朵，你看你右边，第三棵树上。”张景俊仍然看着火焰，“记得，动作别太大。”

蓝小朵被张景俊突如其来的话弄得一愣，微微偏头，看向右边。

右边的树木不多，第三棵树超乎寻常的粗壮，巨大的树冠下，那粗大的树上趴着……一头狗熊！

蓝小朵瞳孔猛地一缩，仔细再看，倒抽一口凉气。那哪里是什么狗熊，而是一个穿着黑衣的人影。

那个黑影趴在树枝上，戴着一副狗熊的面具，身子半藏在树叶里，正望向火堆。

蓝小朵脸色变了，压低声音问：“你什么时候发现的？”

“半路。”张景俊添了些柴火。

“居然一直跟着我们！”蓝小朵震惊地嘀咕，“你看他戴着的面具，和上次碰到的……”

“应该是一伙的。”张景俊肯定地接道。

“我还以为老师们已经把这些人赶走了……”蓝小朵担忧地低声说。

“没这么容易赶走吧。”张景俊拨了拨燃烧的枝叶，“而且从这几次的接触来看，他们的目的可能没那么简单。”

“你的意思是指他们跟踪我们？”蓝小朵意识到这个问题。

“很可能是。”张景俊皱起眉头。

“难道是为了……钱？”蓝小朵想了想又否定，“不，如果是为了钱，就不会只跟踪我们了吧。”

“谁知道呢。”张景俊露出一丝叵测的笑意，“只有他们自己知道了。”

两人又说了几句。张景俊突然站起来，大声说：“蓝小朵，我去捡点儿枝叶啦。”

“去吧，去吧。”蓝小朵直挥手。

张景俊点点头，一头钻进了黑暗里。

没多久，蓝小朵瞥见了张景俊的身影。他不知何时出现在了狗熊面具人所在的树下，蹑手蹑脚地抱着树，“噌噌噌”地往上爬。狗熊面具人并没有注意到脚下的动静，依旧瞅着火堆和火堆旁的蓝小朵。

蓝小朵提心吊胆地瞟着，大气都不敢出。

张景俊弓着身子，手脚并用，爬到高处后，渐渐接近狗熊面具人的位置。狗熊面具人并未察觉到身后有个人影在靠近，就在此时，张景俊猛地朝狗熊面具人抓去。

狗熊面具人大惊失色，想挣开对方的手。张景俊死死地抓着他的手臂，就是不松。

狗熊面具人右手挥拳，砸向张景俊。张景俊不得已，松开了手。

下一刻，狗熊面具人一闪身，从张景俊身边跳到另一根树枝上，接着脚步不停，一跃而下。

蓝小朵惊得站起了身。

“呼”的一声，狗熊面具人从树上落下，在半空中调整好身姿，落地的那一瞬，双臂抱头，任凭自己朝前滚去。

重力作用下的巨大冲力被狗熊面具人轻易卸去了大半。他从地上弹起来，揉了揉脖子，就朝黑暗里逃去。

怎么能让他轻易逃了呢？蓝小朵从火堆里抽出一截儿燃烧的树枝，抢先一步截住了他。

张景俊这时也跳了下来，他同样毫发无损地落地，在后面堵住了狗熊面具人。

狗熊面具人被夹击，一时有些慌了。

“你是谁？”蓝小朵将“火把”挡在身前，质问着，“为什么跟踪我们？”

狗熊面具人并不作声，而是抽出腰间的一个小礼炮一样的东西，拉下了上面的吊环。“噗”的一声闷响，一道红光从小礼炮前端射向了高空，并在“嘭”地爆炸后，形成了一片火红色的云。

“信号弹！”张景俊眯着眼睛，握紧拳头，冲上前去。

狗熊面具人略微有些狼狈地躲过张景俊的攻击，顺势反腿一蹬。张景俊点脚躲开了，并和他互换了位置。

“蓝小朵，绳子！”

蓝小朵从愣怔中反应过来，将腰间的绳子拽下来，抛给张景俊。

张景俊接住绳子，将之散开，他一手持着一端，闷喝一声，扬起右臂，猛地一甩。

尼龙绳“唰”的一下从地上蹿起，绷直了，腾蛇一般朝狗熊面具人射去。笔直的绳子在碰到狗熊面具人小腿的时候，猛地改变了方向，蛇一般缠住了他的腿。

腿被束缚住的狗熊面具人身子一个踉跄，摔倒在地。张景俊提着绳子追了上去，将他五花大绑了起来。

张景俊丢下绳子，揉了揉手腕，威胁道：“你是谁？我可是练过拳击的。”

狗熊面具人喘着粗气，却依旧不说话。

“好吧，那就让我看看你的面具下是怎样的一张脸……”张景俊低笑着，伸手去揭面具。

“嗖！”一声呼啸由远及近。

张景俊伸出的手猛地收回，避开了急射而过的石子，他的身子朝后退了两步：“谁？”

树林里响起一阵脚步声，一个戴着猿猴面具的黑衣人从黑暗里走了出来。

他迎着闪烁的火光，面具下的眼睛清晰地暴露在众人面前，眼神显得深邃又无奈。

他不急不躁，绅士一般地指了指被捆的狗熊面具人，用明显经过处理的粗糙声音说：“我可以带走他吗？”

蓝小朵如临大敌地问：“你是谁？你们有什么目的？”

“我是谁不重要。”猿猴面具人笑了起来，笑声如粗哑的老钟，“有什么目的也不重要。现在，我要带走他。”说着，他礼貌地对蓝小朵和张景俊鞠了一躬，“我向你们表示歉意，因为我必须带走他。”说罢，就朝地上的狗熊面具人走去。

“你以为你能带走他吗？”张景俊抱着肩膀，眼睛却死死盯着猿猴面具人。

“试试就知道了。”猿猴面具人再次笑出了声。

话音刚落，张景俊就化作一道残影，直奔猿猴面具人而去。

“动作挺标准的。”猿猴面具人赞叹了一声，同时手里弹出一块石子，紧接着，他避开张景俊，翻身朝火堆踏去。

石子精准而凶狠地射向了蓝小朵，并在后者惊讶的喊叫声中，将“火把”打了个粉碎；猿猴面具人一脚踏进火堆，踩碎了柴火。火星疯狂地蹿上天空之后又迅速熄灭，随之涌来的无尽黑暗吞噬了几个人。

张景俊只好凭光线消失前的印象朝猿猴面具人扑去，但却扑了个空。

“咚，咚……”

几声渐远的闷响后，四周重新寂静了下来。

蓝小朵打开手机，荧蓝色的光芒重新给了两人光亮。

被捆住的狗熊面具人不见了，猿猴面具人也不见了。

眼看抓住了一个神秘人，却被对方的同伙单枪匹马、轻轻松松地救走了。两人都觉得可惜又可恨。蓝小朵不甘心地直跺脚。

张景俊拿出通讯机，拨通了奥尔多·乔薇丽亚号上的号码。

“什么？那些人又出现了？”通讯机响起“刺刺”的电流声，朱老师的声音混在其中，显得十分刺耳，“自从那次听到你们的反映，我和各位老师就加紧了列车周边的巡查，可是一直都没有发现神秘人。现在他们居然在我们组织比赛的时候出现，到底是想干什么？”

“那我们还要不要继续比赛了？”张景俊问。

“听你的描述，神秘人只是跟踪你们，并没有做出出格的举动……我马上联系在盆地驻扎的各位老师和列车工作人员，让他们对四周进行排查。”朱老师斟酌了一会儿，“比赛还是继续吧，而且这件事切记不能告诉别人。我怕大家听到这件事，会混乱起来……那先这样，我这边赶紧联系相关人员。”

“嗯。”张景俊挂断了通讯机。

蓝小朵望着狼藉的地面，刚想重新去生火，却突然想到了什么，一脸愁色地喊：“啊，张景俊，我们的绳子，我们的绳子也损失掉了！真是倒霉。如果因为没有绳子而输掉比赛，我发誓，我跟那些神秘人势不两立！”

“别说得好像跟真能得冠军一样好不好？”张景俊一边开始捡柴火，一边不客气地打击她，“我想，那些两个男生一组的，估计都快跑到终点了吧。”

“不会吧，我觉得我可不比一般男生弱。”蓝小朵深思起这个问题来。

“是啊是啊，你是女汉子嘛。”张景俊打趣着。

“张景俊！”蓝小朵气得七窍生烟，追着张景俊打。

火重新燃起，两人相隔不远面对面躺在地上，蓝小朵不想看到欠揍的张景俊，于是翻过身去。

火堆静静地燃烧着，里面的树枝被火焰侵蚀，发出毫无节奏的噼啪声。倦意潮水般袭来，蓝小朵进入了梦乡。

第二天，天蒙蒙亮，两人重整心情，继续跋涉。

晌午，两人站在高于树林的一处土丘上，看到远处山脚下竖着一面黄色的旗帜。

那就是终点了，终点前的最后一个障碍是一条大河。河岸边有别的选手。

蓝小朵和张景俊顾不得歇息，一路跑到了那里。

河边的人都是男生。其中一个戴眼镜的男生看了眼蓝小朵和张景俊，继续说起来：“关于过河，大家有什么意见？”

一个高个子男生说：“我们准备游过去。”

“游过去？别说笑了。”另一个男生，浑身湿漉漉的，哆嗦着讽刺道，“你去试试水多深多冷再说吧！”

高个子男生吃了瘪，有点儿不高兴了。

蓝小朵戳了戳张景俊：“我们怎么办？”

“你也看到了，水不仅深还冷，游泳的话，我能过去，但你又不会游泳，而且就算你会，这水温你也受不了。”张景俊也皱起眉头，“可是只有两个人同时到达终点才算胜利。”

蓝小朵陷入了沉默。目光掠过男生们腰间的尼龙绳时，她突然心里一动。

“嗨，同学们！”蓝小朵走上前去，打断了他们的争吵，“大家别吵嘛！如果再耽误下去，更多的人聚集过来，我们就很难获得名次了，不是吗？”她胸有成竹地指了指绳子，“我有一个过河的方法，不过需要大家一起合作……”

男生们听着蓝小朵的话，眼睛都亮了起来。

“事先说明，我们的绳子丢掉了。所以……”蓝小朵温柔地笑起来，“你们待会儿不会不让我们上竹筏吧？”

几个男生红着脸，纷纷表示：“不会，不会！”

蓝小朵狡黠地转头，对着张景俊俏皮地一笑，得意地做了一个胜利的手势。

在听到蓝小朵的建议后，在场的十多人当即开工，整理绳索的整理绳索，寻找木头的寻找木头。好一番忙碌之后，竹筏终于建造出来。

“一二一，一二一……”男生们齐声喊着，将一个巨大的竹筏抬了起来。张景俊走在前面，双手扣住竹筏的一角，嘴角不禁抽了抽。

停停歇歇，男生们满头大汗地将竹筏抬进水里。

一帮人激动地登上了竹筏。十多个人分散坐在竹筏上，蓝小朵和张景俊坐在前面划桨。

竹筏缓慢而艰难地朝河对面驶去，没多久，竹筏就驶过了河中央。

张景俊用手肘悄悄戳了蓝小朵一下。

蓝小朵疑惑地望向张景俊。

张景俊不出声用口型问：“想不想得冠军？”

蓝小朵不知他搞什么鬼，小声回答：“想啊。”

“那就好。”张景俊瞥到后排几个蠢蠢欲动的男生，突然说，“待会儿跟着我跳下去。”

“什么？”蓝小朵觉得张景俊脑袋坏了，刚想问怎么了，就觉得身子猛地一沉。原来是竹筏失去了平衡！

紧接着，“扑通”落水声响起。

蓝小朵大吃一惊，回头看去，只见坐在最后排的两个男生跳进了水里。他们得意地展示了一下手臂上的肌肉，身子一摆，就以更快的速度朝对岸游去。这点儿距离，他们不再需要竹筏了。

见到有人这样做，又有两个男生一咬牙跳了下去。竹筏彻底失去了平衡，河水开始涌上来。蓝小朵明白了，张景俊肯定早料到会是这样。她转过脸，见张景俊不慌不忙地站起身，伸了一下腰，脚尖一点，就跃进了水里。

“咕噜噜”一串水泡，张景俊从水里猛地冒出头，朝还犹豫不决的蓝小朵大喝一声：“快！”

蓝小朵看了看已经游出一段距离的众人，又看了看迎风招展的旗帜，咬着牙，也跟着跳了下去。

冷。

冰冷的水从四面八方涌来，蓝小朵觉得自己像是掉进了泥潭，头顶有闪烁不定的光亮。

蓝小朵双手一划，冲出了水面。张景俊踩着水，对她点点头，就先一步朝对岸游去。

蓝小朵紧紧跟着他，不停地换着气。她觉得张景俊游泳好厉害，他的身子在水里沉沉浮浮的，灵活得像一条鱼。

可是水实在太冷了，蓝小朵有点儿受不了。她不禁在水里哆嗦了一下，手脚也开始发麻，速度渐渐慢下来。本来她就不怎么会游泳，加上心里紧张不安，在寒冷的水里一泡，眼看就要跟不上大家。

张景俊发现蓝小朵的状况，便双脚一蹬，在水里一个翻身，游向她。他的头发湿漉漉地贴在眉前，眼睛透着一丝担心，脸上的水珠在阳光下晶莹剔透。

“呼啦”一声，他的右手破水而出。

这一刻，在蓝小朵的眼中，世界仿佛静止了。

远方，拼命游弋的男生们保持着划水的动作，眼前，四溅而出的水珠洋洋洒洒地悬停在半空，在阳光的照耀下好像五光十色的宝石。

整个世界，只有张景俊在动，他高举的手腕棱角分明，手指白皙而修长。他的手从溅起的水幕里穿透而来，像一艘救世的挪亚方舟、像一道照破黑暗的璀璨光束，最终停在了蓝小朵面前。

世界恢复过来的一瞬间，张景俊突然露出一个得意的笑容。

“把手给我，我带你拿冠军。”

【七】最后一节车厢

1

“嘭！”香槟从瓶子里喷出来，“咕咕”地被倒进了水晶高脚杯里。

马老师穿着一件白色的衬衫，头发粘着细碎的彩纸。

大厅里闹哄哄一片，遍地彩带和彩纸，粉色、黄色、红色的气球飘在空中，学生们挤在两侧，一脸期待地守候着。

文老师抿了一口香槟，脸上泛起一丝红晕：“这场比赛大家的表现都很不错嘛，作为你们的老师，我很满意。”她搁下水晶杯，率先鼓起掌，“接下来，让我们用热烈的掌声，欢迎本次越野赛的冠军出场！”

伴随着男生们的尖叫，热烈的掌声瞬间响起。

屏风后有人走了过来。在场的人静了下来。

“嗒嗒……”

一双红色小皮鞋首先踏出了屏风。

淡紫色的长袜提至膝下，红色的裙摆形状如收紧的荷叶，裙身紧紧包裹着纤细的腰肢，两条裙带攀上了雪白的肩膀，轻轻地绷着。往上，胸前红水晶吊坠如一朵蔷薇，白珍珠耳坠轻轻摇曳，瀑布般的蓝色长发像洒落着星光……

蓝小朵红着脸，从屏风后走了出来。她双手握在一起，戴着薄薄的白色蕾丝手套。

男生们双眼闪亮，几乎异口同声地“哇唔”了一声。

“小朵，你真漂亮！”平安在人群中，拉着唐清树的手，嘟着嘴大喊。

“蓝小朵同学……”江岱川虽然这段时间已经习惯了蓝小朵的装束，但是看到她精心打扮的样子，还是很吃惊。

“嗒嗒嗒”，又是一阵脚步声。

红色的蝴蝶结镶嵌在领口，纯白的衬衫被充满活力的身体撑得有棱有角。衬衫外套着一件黑色的燕尾服，长长的“尾巴”优雅地微微翘着。修长而笔直的腿，踩着一双黑色皮鞋，偏向亚麻色的黄发干净利索地朝上竖着，两道精神的剑眉横在微隆的眉弓上，下面的眼睛炯炯有神，流转着狡黠的光芒。

哇唔！
哇唔！
好帅！
帅!!
喂，你这么打扮也太娘娘腔了吧！
浑蛋你再说一遍！
我……我敬你……是条汉子……

张景俊微笑着伸手抚左胸，朝大家行了一礼。

伴随他一举一动的，是女生们此起彼伏的耳语声和男生们汹涌澎湃的敌意。也确实，张景俊平时就很有气质，刻意装扮之后，更加引人注目了。

“蛋糕来啦！”朱老师吞着口水，从车头推来一个超级巨大的三层蛋糕。

马老师喝完杯子里的香槟，看着欢呼的学生们，无奈又满足地耸耸肩，随手拨开了一个老旧的唱片机。

悠扬的曲调响起，让人想要跳舞。

“文老师。”马老师绅士地弯着腰，对文老师伸出手，“能请您跳支舞吗？”

又有人拉响了彩带。彩带纷纷扬扬地撒向空中，学生们一哄而上，簇拥着冠军蓝小朵和张景俊走向蛋糕。

蛋糕被张景俊和蓝小朵切开，分给了在场的所有人。

大家喊叫着、欢呼着，在大厅里跑来跑去。

列车仍在疾驰，疾驰在一望无际的田野里。窗外是黑沉沉的暮色，点点星光闪烁着照耀在东方，那是远方燃起的灿烂烟花。

这天，是学生们的欢庆日，这天，是奥尔多·乔薇丽亚号的狂欢节。

大家闹腾到了很晚，后来，在文老师的“贴心”问候下，才乖乖回去睡觉。

深夜。

“吧嗒……吧嗒……”

蓝小朵隐隐约约听到了什么声音。这声音几不可闻，像是谁在吃东西，又像有人在走路。

她揉了揉眼，翻身从床上坐了起来。她下意识地拉开了窗帘，立刻觉得不对。列车仍在飞速行驶，外面是空旷的荒野，声源不可能是来自列车外部。

难道声音是列车内部发出来的？蓝小朵怕惊扰了平安和唐清树，小心地下床。

“哐！”

但她踢中了脚旁的废纸篓。

平安醒了过来，她迷迷糊糊地揉着眼睛，问：“小朵……怎么了？”

蓝小朵干脆坐到她床沿：“我听到奇怪的声音……有点儿像脚步声……”

平安听到蓝小朵这么说，一下精神了起来，眼睛瞪得滚圆：“奇怪的声音？会是谁呢？妙蛙种子？杰尼龟？还是小火龙？”

“嘘，嘘！”蓝小朵不停地做出别喊的手势，但是已经晚了。

唐清树也迷糊地醒了过来。

这下可好了。蓝小朵无奈地想，自己不睡觉，还把别人给吵醒了。她只得再次跟唐清树解释了一下。

既然没了睡意，三人凑到一块儿，当即决定出门一探究竟。

蓝小朵穿着一件蓝色睡裙，走在前头开了门；唐清树同样穿着睡裙，海藻般的头发束在胸前；平安穿着维尼熊睡衣，抱着一个维尼熊枕头。

门外漆黑一片，静悄悄的。走廊一侧的窗户没有拉窗帘，外面黑云遮天，月亮艰难地露出了一角，昏暗无比的月光照进来。虽然光线暗，但好歹比伸手不见五指强。

蓝小朵静静地听着，“吧嗒吧嗒”的声音断断续续地响起，像蚊子叮咛，又像春蚕吐丝。她确定这声音来自后面的车厢。

三人紧挨着，贴着走廊窗户，朝后面摸去。穿过一排男生寝室，穿过图书馆、餐厅、生物实验室……三人最终来到了一处铁门前。

前面就是种植蔬果的“温室”车厢了，可是铁门却打开了一半。

蓝小朵的心收紧了，咬了咬牙，朝里面继续走去。温室里充斥着植物清新的味道和各种水果交织而成的芳香，果树枝丫交错地撑在两侧，黑乎乎的，像是树后隐藏着什么可怕的怪物。

蓝小朵哆嗦了一下。

平安也有点儿害怕了，她强打着精神问：“你说它们会藏在哪里呢？”

“也许就在树丛里吧……”唐清树牙关打战。

“我们继续前进。”蓝小朵尽量让自己显得平静，继续走着。

一路并无动静，三人终于穿过老师的特供区，来到了属于她们的温室。这里却是另一番景象，有些学生的土地上作物长势喜人，有些学生的则因为缺水即将枯萎，甚至有些学生的土地荒草丛生了。

三人继续往前摸去，在穿过各种各样的土地后，终于接近了她们的土地。

蓝小朵她们的土地是连在一起的，在她们共同的努力下，种植的蔬菜和水果足够满足日常饮食。在食物已经富足的情况下，蓝小朵又领取了蓝莓和草莓的种子，腾出了部分土地，将这些水果种了下去。

最近几天，差不多就是草莓收获的日子了。

窗外黑云翻滚，月亮时明时暗，照得这节车厢忽闪忽闪的，显得十分阴森。

“哗啦”一声，前面果树后响起一阵窸窸窣窣的声音。

唐清树在后面屏住呼吸，揪紧了蓝小朵的衣服。蓝小朵的心一下子提了起来，她捡起一侧的扫帚抓在手里，准备走过去。但让她没想到的是，平安先一步蹿了过去，猛地挥起手里的枕头，大喝一声：“看你往哪里逃，今天我就要拥有属于自己的神奇宝贝了！”

平安扑进了黑暗里，紧接着她“哎哟”了一声。蓝小朵和唐清树急忙跑过去，绕过果树，眼前的一幕让她们目瞪口呆。

平安扑倒在江岱川身上，江岱川被压在地上，张景俊反应快躲到了一侧，两个男生嘴里塞满了红彤彤的东西。

“你们！”蓝小朵气得差点儿摔倒，挥起扫帚就朝他俩打。

张景俊闪了过去，一边将嘴里的草莓咽下去，一边不好意思地说：“有话好说，有话好说。”

平安从地上爬起来，又用枕头打了江岱川一下：“我的神奇宝贝呢？快说，你们是不是把我的神奇宝贝抓去了？哼，你们跟火箭队什么关系？偷窃神奇宝贝的人，不可原谅！觉悟吧！”

“平安同学，我们跟那个什么火箭队一点儿关系都没有，而且我们也不是来吃草莓的！”江岱川也站了起来，急忙解释。

“不是？那你们吃的是什么？别告诉我是苹果。”蓝小朵把扫帚握在胸前。

“我们确实吃了草莓。”张景俊站出来，“但是这表示什么啊？表示你们种的草莓很好吃，好吃到足以吸引正巧路过的我们摘两颗尝尝。”

“路过？吸引你们来吃？你的意思是草莓嚷着让你吃它了？就会找借口！”蓝小朵不满地哼了一声，举着扫帚就要拍过去。

“我们真的不是来偷草莓的。”江岱川看了看周围，又看了看延伸到更深处的黑黢黢的小路，小声说，“我们听到了奇怪的声音！”

“奇怪的声音？又唬人！”蓝小朵气哼哼地说道。在看到两人的那一刻，她就已经知道，自己听到的声音是他们弄出来的，现在“奇怪的声音”反而成他们偷草莓的理由了，她还能不生气？

“蓝小朵同学，我说的是真的。”江岱川举起手，“我发誓！”

蓝小朵眼睛一眯，放下了扫帚，疑惑地问：“你们也是刚刚听到声音才出来寻找的？”

“嗯。”江岱川点点头，“我跟张景俊在寝室偷偷玩星际争霸，听到声音就想看看是什么……”

“不过……”张景俊站在窗边，看着天空中滚动的黑云，接着说道，“那声音在刚才你们大呼小叫的时候消失了。”

“怪我们咯？”蓝小朵听不惯他的语气，好像偷吃草莓没有错

似的，居然还反过来责怪起她们了，“现在声音什么的已经不重要了，重要的是你们偷吃了我们的草莓，亏我还帮你们管理土地呢！张景俊，从今天开始，你们的土地自己打理，我才不要管了！”

“好吧，随便。”张景俊无所谓地耸耸肩，摊摊手。

“好啦，好啦！”江岱川赶紧跑到两人中间，打起圆场，“两位都别吵了好不好？我们道歉好不好？我们不该偷吃草莓，我们会想办法补偿的！”说完，他戳了戳张景俊，意思很明显。

张景俊“扑哧”一声笑了出来：“哈哈，蓝小朵，看把你气得。好啦，我道歉行不行？蓝小朵同学、平安同学、唐清树同学，我不该偷吃草莓的。”

平安和唐清树早就已经习惯两人间的战火和硝烟了，后者拉了拉蓝小朵，笑起来：“别跟他们一般见识，我们回寝室。下周罚他们做饭好了！”

“谁要吃他们做的黑暗料理，上次吃了一次，舌头都想去死了！”蓝小朵也并没有真生气，她哼了一声，仰起头，“下周我继续做饭，不过他们休想吃到！”

“要这么残忍吗？白天刚刚一起赢得冠军……”张景俊幽怨地说。

蓝小朵想到白天，张景俊在河里拉着她游泳，并且率先游到河岸，然后一起跑向终点的一幕，脸上泛起了红晕。

她急忙转身，往回走去，边走边说：“哼，看在白天的份上，原谅你了，下次再偷东西的话，休想再跟我们说话！”

说完，两帮人各自回寝室睡觉。

月亮从云层中彻底地钻了出来，奥尔多·乔薇丽亚号终于冲出了黑云阴影的包围。皎洁的月光顷刻间洒落在列车上，让它巨大而优美的身躯闪烁着点点银芒。

车厢里被月光映得白蒙蒙的，在蓝小朵几人离开后不久，车厢一角的果树后响起一阵“沙沙”的声音，一个人走了出来。

这个人挺着大肚子，重重地呼出一口气，擦了擦额头的汗，朝更后的车厢走去。

2

那天深夜里传来奇怪的脚步声之后的一段时间，蓝小朵再也没有听到了。

虽然奥尔多中学比较重视实践课成绩，但是文化课成绩依旧不能被忽视。在紧张的文化课学习后，噩梦终于到来了。

蓝小朵忐忑不安地坐在座位上，看着朱老师拿来一沓生物试卷，她心里打起了鼓。

这两天，蓝小朵已经考完了语数外等科目，就差生物考试了。前面的考试，说实话，蓝小朵没一点儿信心，她偏头看了看胸有成竹的平安和唐清树，心里不免叹息了一声。

张景俊无聊地用脚蹬着蓝小朵的椅子，不停地抖腿。她心烦意乱地用脚狠狠朝他的脚踩去。张景俊赶紧挪开了脚，在背后又开始揪蓝小朵的头发。

蓝小朵忍无可忍，想回头打他，突然又想到他这两天不仅第一个交试卷，过后对答案还基本正确，心里就突然熄了火，又陷入忧伤的泥潭中去了。

生物考试并不难，蓝小朵在最后一刻写完试卷后，彻底松了一口气。

不管成绩是好是坏，考完万岁！

这样没心没肺地玩了一周，成绩要出来时，蓝小朵又蔫了，心里像是有一百只不停嚷嚷的小兔子。但出乎她意料的是，她的成绩虽然相比名列前茅的张景俊他们几个并不好看，但是比她进班的成绩，绝对是有飞跃性的进步。这让担心得吃不好饭的蓝小朵稍微安心了点儿。

在这样紧张、激荡又阳光的日子里，每个人都成长了许多，不论是身体还是思想。

晚上，蓝小朵盯着墙上的小黑发呆。

当亲手养育的蝴蝶死去的时候，很多人都哭了。小黑不知道什么原因，活了很久才死去。那个时候，大家的标本早已经制作完成，蓝小朵就独自一人托着死去的小黑，默默地去实验室，默默地处理干净它那美得让人艳羡的蓝色翅膀，默默地用防腐药剂洒在它身上，默默地给它制作一个精致的标本盒……

做这些的时候，蓝小朵并没有哭，只是抿着嘴，静静的，不知在想些什么。

“唉……”她伸手摸了摸盛放小黑的标本盒，轻轻地叹了口气。

“小朵，麻烦你关灯啦。”平安躺在床上，抱着一个巨大的维尼熊。

关灯后，蓝小朵躺到床上，伸了一个大大的懒腰。

但是她毫无睡意。

来到奥尔多·乔薇丽亚号之后，所经历的种种事，仍然让蓝小朵觉得如梦如幻。谁能想到在她平凡至极的人生路上，会发生这样不可思议的转折呢？

自由和梦想，也许不再是虚无缥缈的东西了。

蓝小朵禁不住掐了掐自己的脸，好疼。

“我真是一个大傻瓜。”她嘀咕了一声，用被子盖住了脸。

列车在疾驰，窗外漆黑一片，又是一个无月夜。

“吧嗒……”

深夜，仿佛从遥远的地方传来渐行渐远的脚步声。

蓝小朵一直醒着，所以，这声音虽然微弱，但她听得清清楚楚。

她又想到上次那个声音，张景俊说他也听到了声音，这让她非常疑惑。

难道是老师？或者是列车上的工作人员？可是这个时间了，谁还会外出呢？而且，这脚步声极力压制，显得十分谨慎和小心，像是有人猫着腰偷偷地潜行，这完全不像老师偶尔查房时的稳健走路声啊。

难道是张景俊他们搞的鬼？蓝小朵这样想着，当即下了床，拿起寝室的通讯机，拨通了张景俊寝室的号码。

通讯机发出十几声微弱的电流声，那边才显示接通，是江岱川打着呵欠的声音："谁啊？"

蓝小朵心里一惊，那边有人，就表明外面发出动静的是别人。

"你们在干吗？"蓝小朵问。

"干吗？睡觉啊，困死了。"江岱川又打了一个呵欠。

"张景俊跟你在一起？"

"嗯……"江岱川过了一会儿才回答，好像去确认了一番，"他睡得可香了。"

"我听见外面有奇怪的脚步声。"蓝小朵捂着嘴巴，尽量不发出过大的声音，"要一起去看看吗？"

那边惊讶地"啊"了一声："我去喊张景俊……张景俊，醒醒，张景俊……"

蓝小朵等待着对方的回答，突然她感觉耳边有风在吹，凉飕飕的。

蓝小朵心里一毛，扭过头，差点儿吓得喊出声。原来平安和唐清树也醒了过来，正拨弄着头发朝她凑来。她们的嘴巴凑在蓝小朵耳边，幽幽地问："小朵，我们也去。"

没办法。

两分钟后，整装待发的三人开了门，看到张景俊和江岱川打着呵欠倚在窗边。蓝小朵前进的手势一摆，五人紧张兮兮地朝后面的车厢走去。

方才出现的脚步声此时竟然消失了。

一路毫无发现，五人来到了温室区域。奥尔多·乔薇丽亚号的后半截全都是温室车厢，除了种植蔬菜和水果，其中一些还种植着鲜花和观赏灌木。

一行人猫着腰，穿行在时而茂密时而稀疏的温室植被里，时不时警惕地观察着周围。

继续前进，浓郁的香气朝几人涌来，一些夜间绽放的花儿正拼命释放着光彩。星光透过巨大的落地窗洒在花朵上面，整个车厢透着五颜六色的色泽，显得朦胧又诡异。

“这就是最后一节车厢了吧？”平安有些失望，小声说，“可是连一只神奇宝贝都没有啊。”

“嗯，是最后一节。”蓝小朵抱着肩，疑惑地皱起眉头，自言自语起来，“我们这一路都没有发现其他人影，那我听到的脚步声是怎么回事？”

“也许是听错了吧。”张景俊绕着这节车厢走起来。

这节车厢面积比别的车厢要大，因为它的长度看起来更长。它两侧是两条小路，中间是各种鲜花和花藤，很是茂盛。天花板上挂着很多大大小小的玻璃瓶，里面还种植着黄绿色的苔藓和多肉植物。

“咦……”张景俊突然发现有些不对，指着中间比人还高的茂密花藤，小声说，“你们过来看看。”

几人围过去，循着他指着的地方看去，却没看出什么。

“嗯，你们看。”张景俊从裤兜里掏出一把小刀，割断了花藤上几根纠缠的藤蔓，然后将它们往外拨了拨。

冰冷的反光。这是钢铁！

“这是支撑花藤的铁架吧。”蓝小朵想了想说。

张景俊却是一笑，拨开了周围堆叠的叶子。只见厚厚的叶丛后居然全都是钢铁。接着，他又把耳朵凑过去，用手指摸了摸那钢铁，然后轻轻地敲了敲。

“我怀疑这是个……”张景俊紧蹙着眉头，“通道。”

蓝小朵几人愣了愣。

“我猜，这个通道的入口就在……”这一刻，张景俊好像变了一个人，他的眼睛显得无比犀利，身上散发着一种别样的气质。

他沿着花藤走起来，手摸过花藤的藤蔓和枝叶，像船桨拨过碧水，像鸟儿划破云层，像铁锹铲开土壤。他的手稳重而利索地迅速锁定了一个位置，然后继续摸索了一阵，突然他脸上一喜，手腕用力，无声地拉开了一扇门。

蓝小朵瞪大了眼睛。平安很是激动，唐清树皱起眉头。江岱川震惊地低声喊：“这里怎么会有一道门？”

“嘘！”张景俊及时制止了他们更大的叫声，“别发出声音，我们进去瞧瞧。”

这扇门的表面长满了爬山虎和花藤，如果不是张景俊的观察细致入微，恐怕谁都发现不了这道隐藏的门。

张景俊打头阵，蓝小朵紧随而上，余下三人也跟了上来。

进了门，他们发现里面异常昏暗，面朝车尾的方向是一道几米长的穹形的走道，走道尽头又是一道门。这道门半敞着，从里面透出微弱的光亮。

蓝小朵吞了吞口水，捏紧了衣角，手心里满是汗。

近了，近了，近了……

张景俊走到门口，还没朝里看，蓝小朵就着急地先一步伸出了头。

接着，她看到一张巨大无比的脸，这张脸跟她的脸贴得极近，上面肥肉颤动，一双快要陷进肥肉里的小眼睛瞪得大得吓人。

“啊！”蓝小朵和这张脸的主人同时发出一声骇人的惨叫。

蓝小朵闭上眼，转身要逃。不料，她撞到了紧跟着的平安和唐清树，三人一下滚倒在地。

“朱老师！”张景俊有点儿傻眼了。

“什么？朱老师？”江岱川伸头一看，也傻在了那里。

只见朱老师惊得满头大汗，一身肥膘颤了又颤，他定了定神，十分生气地大声质问：“你们大半夜的乱跑什么？”

这时，张景俊回过神来，刚想解释，可瞟见朱老师身后，却再次傻眼了。

“你们真是气死我了，是谁允许你们大半夜乱跑的？你们这些孩子啊！”朱老师继续喷发着怒火，“这里是你们能来的地方吗？你们等着挨罚吧，我一定会重罚你们的！”

“朱老师……”张景俊好像没有在听朱老师的咆哮，而是指了指他身后，问，“那是什么？”

“什么什么啊？”朱老师堵在门口。

“朱老师。”张景俊镇定了下来，嘿嘿一笑，“您嘴角有奶油。”

朱老师倒吸了口凉气，伸手擦嘴，躲躲闪闪地反驳：“什么奶油，你看错了！”

“不，朱老师，您衣服上还有。”

朱老师忙低头捂住了肚子上的奶油：“这是衣服上的装饰。”

“朱老师，您手指上都是。”张景俊叹了一口气。

朱老师一惊，就把手背在身后，可肚子上的奶油点子又露了出来。于是，他连忙侧着身子，可一侧身子，他身后的空间彻底地暴露了出来。

蓝小朵和平安、唐清树早已经站起来，她们往前一看，纷纷张大了嘴。

前面是什么呢？

朱老师身后，是一个大约二十平方米的空间，里面一排排货架，上面摆放着琳琅满目的东西。成袋的薯片、曲奇饼，各种各样的巧克力和糖果……货架中间围着一个玻璃柜台，里面整齐地码着大大小小的蛋糕和奶酪。

“朱老师！”蓝小朵挤过去，“您藏私！”

“朱老师！”平安可怜兮兮地嚷，“我想吃奶酪和蛋糕。”

“朱老师！”唐清树和江岱川说，“我们突然好饿啊……”

“朱老师，”张景俊嘿嘿地又笑起来，“您还会惩罚我们吗？如果我们保证不把这个地方告诉别的学生。”

“你们……你们威胁我！”朱老师气得脸都绿了。

“我们哪里敢呢！”五人异口同声地喊。

即使朱老师气得浑身发抖，可他还是妥协了。但是在见到蓝小朵他们对这间屋里的好东西大肆“掠夺”的时候，他的心还是疼得一抽一抽的。

“朱老师，那我们今天就先走了啊。”虽然张景俊的口袋里塞满了糖果，手里还抱几盒巧克力，但他还是礼貌地站直了腰，行了一礼，“老师再见。”

“等等我们啊！”江岱川、平安和唐清树三人双手抱满战利品，追上张景俊。

朱老师有点儿眩晕。

蓝小朵抱着一些曲奇，跑出去前，同样礼貌地说：“我们肯定不会告诉别人的，朱老师，我们下次再见！”

下次？

朱老师已经要晕倒啦！

等五人离开，朱老师落寞地开始收拾残局。

这时，深处一个货架后面的墙壁上，“咔”的一声，裂开了一个口子。

原来这里也有一道门。

一个男人从门后走出来，却是马老师，他穿着白色的褂子，戴着口罩，一双眼睛，炯炯有神。他笑着说：“这几个孩子可真机灵啊。”

“谁说不是呢？”朱老师垂头丧气地掰开一块巧克力，塞进嘴里，

“就是机灵过头了。不过幸好我当初要求在这里弄个隔间放吃的，不然被孩子们看到那些东西，真不知道该怎么解释。”

“幸好蒙混过关了。”马老师耸耸肩，然后转身回去。

那道门并没有被他关上。

门后灯光很亮，墙边整齐地摆放着一些试管。几个同样穿着白色褂子的人在忙碌着。其中一人，她高高挽起的头发在灯光下泛着迷离的紫红色光芒，显然是文老师。

【八】列车危机

1

“刺刺刺……”

电话里先是响起电流噪音，紧接着传来一个温柔的声音：“喂，谁啊？”

拿着电话的人十分紧张：“妈，是我。”

“小……小朵！”电话那头的声音变得激动起来，“你怎么才给我打电话啊？你看看，这都多久了？我又联系不到你，一打你电话就不在服务区，你知道我有多担心吗？不过幸好你们学校给我打过电话，让我不要担心，我才能睡得着觉，吃得下饭……喂，小朵，你在听吗？

“在车上过得怎么样，生活还习惯吗？

“那里饭菜好吃吗？在那里过得还开心吗？

“啊，对了，有没有人敢欺负你？有没有……”

蓝妈妈一股脑地说个不停，说着说着甚至有点儿哽咽了起来。

蓝小朵捂着嘴巴，鼻子酸得不行，泪珠在眼眶里疯狂地打转。

她现在在列车车头旁边的通讯室。这里面积狭小，有一部电话，电话连着一个强力信号发射器，通过信号转移，可以在没有信号的深山里实现对外的通讯。本来每个月，每个学生都有一次来这里使用电话的机会，但是蓝小朵却犹豫了好久。这个月，她终于还是来到这里，拨通了家里的电话。

她想过很多次通电话的情景，想过被问及成绩啊表现啊怎么回答，但是真的打通了电话，听到妈妈只关心地询问她是不是过得习惯和开心，却丝毫不提那些问题，她忍不住想放声大哭。

眼泪终于滑落下来，像断了线的珍珠。蓝小朵强忍着，让自己不那么哽咽，尽量保持平静：“妈……我很好，我在这里过得……很开心。老师们都很好，我还认识了很多朋友……”

“那就好，那就好……”电话那头传来蓝妈妈欣慰的声音，但马上她察觉到了什么，问，“小朵，你哭了？”

“没……”蓝小朵在这边紧紧捂住嘴巴，抽得喘不上气来。

可是蓝小朵怎么能瞒过蓝妈妈呢，蓝妈妈在电话里，温柔地笑起来：“小朵别哭，等回家了，妈妈给你做好吃的。跟妈妈说说你在学校的生活吧……”

蓝小朵呜咽着点点头，就开始讲起来，她讲到了可爱的平安，讲到了温柔又美丽的唐清树，讲到了大男生江岱川，讲到了肥头大耳爱蹭饭的朱老师，讲到了“红发魔女”文老师，讲到了知识渊博的马老师，也讲到了开着滑翔机报到，跟她斗嘴，救过她，以及带她夺得越野赛冠军的张景俊……

电话那头静静的，时不时传来掺杂着“啊”“哇”的咯咯笑声。

可是在蓝小朵说到由“死卵”复活的小黑时，电话那头传来一声惊疑的声音。

“什么？你说一粒蝴蝶的‘死卵’孵化出了生命？”

“是啊。”蓝小朵说。

“啊，难道……”

“妈，你怎么了？”蓝小朵觉得奇怪，疑惑地问。

“没事，没事！刚刚阿喵抓了我一下。”电话里的声音恢复了正常。但紧接着，电话那头响起翻箱倒柜的声音。

“妈！”蓝小朵更加疑惑地喊了一下。

没人回答。

“妈！”蓝小朵再次喊了一下，她感到了一丝异样。

电话里再次响起蓝妈妈的声音：“小朵，刚才阿喵跳到柜子上了，我现在赶它出去……就先不说了……你在学校要好好照顾自己啊。”

电话断了。

蓝小朵被蓝妈妈弄得莫名其妙，可她知道，阿喵从不抓人的。就在她皱起眉头时，“咚”的一声，一阵剧烈的震动自下而上传来。

紧接着，“轰隆”一声闷响，地板颤抖起来，门旁的花盆“啪”的一下震倒了。

蓝小朵不知道发生了什么事，只能紧紧抓着门框。门外管理通讯室的一名列车工作人员和排队打电话的学生们在震动中晃得东倒西歪。

震动持续了几秒，停息后，立马有人从后面的车厢跑了过来。

朱老师紧张地问：“怎么回事？”

“哐当！”

不远处的门被推开，身穿蓝色制服的列车长急急忙忙地走出来，面色很不好看：“火车好像撞到了岩石！”

蓝小朵吃惊极了。在场的二十多个学生一听，开始议论纷纷。

朱老师和列车长等人一起进了火车头。奥尔多·乔薇丽亚号发出悲惨的长鸣，放慢了速度。

这时候，列车上其余的学生聚集到了大厅。几分钟后，又是一阵颠簸，奥尔多·乔薇丽亚号终于停了下来。

朱老师等人从列车头里走出来，忧心忡忡地开了车门，下到了地面上。学生们也赶忙下了车。

无比巨大的银白色火车头静立在车轨上，左侧下方的车身有一条十分恐怖的擦伤，深可见“骨”，银色的钢材无力地外翻着，露出里面黑色的油桶。油桶上同样被划出一道深深的口子，蛛网般的裂痕沿着这道口子向四周蔓延，裂痕里汩汩流出黑红色的柴油。柴油淋了一地，空气里弥漫着浓郁的、呛人的柴油味。

“让一让，请让一让！”这时，从学生们的包围圈外响起马老师的声音，他带着几个工作人员挤了进去。

那几个工作人员挎着工具包，钻到了火车下面，开始检查和维修。

看到学生们推推搡搡，朱老师大声维持起秩序来。

“大家不要乱。”朱老师操着大嗓门喊，“大家听我说，我们的奥尔多·乔薇丽亚号不幸撞到了岩石，尖锐的石头划破了车头的油箱，所以我们现在暂时停车。请大家回到大厅里等待我们的消息，请大家按照秩序回到大厅！”

学生们不得不再次回到车上，车门关上后，外面的声音被隔绝。

蓝小朵凑近窗户，再次瞅了瞅外面。她发现列车停在了一处较高的坡地上，从车窗往外看，有点儿俯视的感觉，远处是此起彼伏遍布巨石的山丘和一波波树浪。一丛丛青黑色的巨大树冠簇拥着，笼罩着这片大地。虽然已经到了深秋，但这里的树木却还是郁郁葱葱。此时是正午，太阳高高悬在当头，阳光挥洒而下，照得远处的树叶闪烁着光芒。

蓝小朵从太阳的高度，猜测现在列车停在中国的南部地区。

“这里应该是北纬 20 度、东经 110 度的位置。”张景俊走过来，走到窗沿洒下的冷气里，“我认为是靠近中国广西北海的一处森林。”

蓝小朵撇撇嘴：“说得跟别人不懂一样！”

“我没说你看不出来啊。”张景俊扁了扁嘴。

这时，车门再次打开，热浪抓住机会想涌进车里，却被强悍的“冷气士兵”给死死抵挡住了。朱老师为首的一帮人上了车。

朱老师清了清嗓子："有一个很不幸的消息。"

学生们看向朱老师。

"奥尔多·乔薇丽亚号不能前行了。"朱老师的大肚子一颤一颤的，"我们可能要停留一段时间了。"

学生们开始小声嘀咕起来。

"刚刚列车维修人员检查了油桶的状况，发现情况很糟糕。油桶里的燃油已经洒光了。油桶和列车车头的维修工作，可能需要十多天的时间来完成。并且……"朱老师眉头拧住了，这让他的眼睛更加深陷进了眼眶的肥肉里，"这里是中国的南方，奥尔多中学的本部在中国的中部，距离虽然不算很远，但是我们被困在森林里，实在是件糟糕的事。这里运输车进不来，我们出不去，只能依靠直升机运送救命的燃油。乐观估计，二十多天后才会接到来自校方的柴油援助。不得不承认，这次意外很糟糕。"朱老师接着郑重地说，"虽然这是一次意外，是一次危机，但这也是一次考验。刚刚我跟所有的老师一起商量了一下，在列车维修和等待校方援助期间，我们决定借此机会来一场考核！"

"考核？"学生们再一次哄闹起来，紧张地喊，"什么考核啊？"

鞭子甩在半空，响起一道沉闷的脆响，文老师打断了学生们的议论声："通过卫星定位，森林的南面有一座海滨城市。我们想让你们穿越森林，去那里，并在规定的时间内，获得柴油。"她露出一抹标志性的温柔笑容，"这是一次特殊的考核，你们不能带一分钱，到了城市，需要靠你们的智慧获得需要的柴油。按照目前的情况，你们带回来五升柴油就算考核及格，如果多于五升，还会有相应的加分。”

“老师，规定的时间是多久？”有个学生问道。

“十五天。”文老师拢了拢飘扬的长发，“你们来回有十五天的时间，我们不限定你们的小组人数，但还是希望你们的人数控制在四到七个之间。这片森林的面积很大，而且距离城市也很远，人数过多会产生矛盾，人数过少前进会很艰难。”

学生们一边点着头，一边寻思着该跟谁组队。一时间大厅里混乱起来。

随后，登记了小组名单，学生们纷纷回到寝室里准备。

蓝小朵拉着平安走得飞快，一边走一边不忿地喊：“又要跟他们一组，凭什么啊？”

张景俊和江岱川走在最后，耸耸肩，相视无言。

第二天一早，大家来到大厅领取了一些装备，齐声告别了老师们，就下车钻进了森林。

烈日当空，热浪撩人，幸好森林树木茂盛，挡住了大部分的日光，也降低了一些温度。可即使这样，蓝小朵他们五人还是热得够呛。

蓝小朵靠着一棵大树坐下，用袖子擦掉鼻尖的汗：“暂时休息，下午继续赶路。”说完，她喊张景俊，“张景俊同学，能不能麻烦你将背包里的炒锅拿出来，然后生点儿火呢？我去找点儿食物。”

“当然。”张景俊并没有跟她斗嘴，居然照做了。

“啧啧！”江岱川对张景俊竖起大拇指。

“我们也去！”平安拉起唐清树，大喊着跑向蓝小朵。

一个钟头后，香味飘了出来。蓝小朵做了一锅地衣青果汤，又烤了几串香菇和浆果。饱腹后，看着从树木缝隙里倾泻而下的光带，众人困意袭来。打扫出一些干净的区域，铺上两件衣服，大家散躺在了阴凉处。

张景俊侧着身子，左手撑着头，右手拿着根树枝拨弄着身边的一只黑色甲虫。甲虫被晃动的树枝绕花了眼，左突右冲，却逃不出张景俊的手心。

张景俊抬起眼睛，见蓝小朵在身前铺开了一张白纸，就起身过去：“你在干什么？”

“画地图。”蓝小朵掏出自动铅笔和一截儿直尺，在白纸上开始画起细密的格子来。

“这也可以？卫星定位一下不就成了？”张景俊看着稀奇。

“哼，想得倒美，我们有定位仪吗？手机也没有信号。你那破手机有信号，但有定位软件吗？”蓝小朵反驳着，一边给每个格子标记尺寸，每个格子代表一千米，“不跟你开玩笑了，说正经事吧。”

她搁下铅笔，将散落的长发拢到耳后，接着拿出红色水笔，在白纸的一端，描出一个圆点，写着字母“AED”：“虽然我们有指南针，但是指南针只能告诉我们方向。我们在森林里行走，根本就像走在一片黑暗里。你看，这里代表我们出发的位置，我们沿着变动的细微方向，在纸上画出我们的路线，就能为我们的返回提供不少时间，也能让我大致了解周边的环境。”

太阳在天空中缓慢地移动，阳光倾斜洒下，落在蓝小朵的脸上。

她的眉头微蹙着，两道秀气的眉毛像两抹橄榄色的油彩；灼灼的眼瞳反射着蒙蒙的光亮，仿佛跃动在白云之上的清澈琥珀；粉色的嘴唇紧抿着，微微露出半颗虎牙，白皙的脸庞流转着深思的光芒。

张景俊呆了呆，根本没听清蓝小朵在说什么，下意识地“嗯”了一声。

蓝小朵深思的脸瞬间变了颜色，十分气愤地说：“张景俊同学，请你尊重一下别人好吗？如果懒得听就请你去睡觉！”

张景俊微微有点儿尴尬，嘿嘿一笑，跑一边睡觉去了。

2

森林里比外面黑得更快，月亮悄然从云层里探出一角脑袋，沉寂再次被打破，重现的只有变得缥缈如云烟的虫鸣声。

“噗”的一声。

张景俊点燃了一个松枝火把。松树枝富含油脂，折下来就可以当作简易的火把。

他站在最前面，火光映得他的影子闪烁不定。蓝小朵跟在后面，借着火光掏出指南针，辨别了方向，然后她掏出白纸，用笔在两个格子间画出一条直线。

“我们今天走了大约九千米。”蓝小朵重新折起白纸，弯下腰，揉了揉疲惫的小腿，“那今天就先休息……”

她的话音未落，远处就响起一道沉闷而愤怒的“呼噜呼噜”喘息声。喘息声中夹杂着灌木粉碎的可怕噪音。

蓝小朵心里一惊，唐清树脸色一下子苍白起来，江岱川紧皱眉头看向声音传来的方向。平安瞪大了眼，紧张得就要喊出来。

“嘘！”张景俊做了噤声的手势，急忙把火把插进泥土里。

火光瞬间消失。喘息声却越来越近。

“大家躲起来。”张景俊远远地好像瞅到了什么，他脸色微变，“快！”

听到张景俊有点儿惊慌的催促声，蓝小朵他们四个就知道状况并不简单，他们悬着心，赶紧藏进了灌木丛。

火光！

远处出现幽幽的火光。只是那火光急速闪烁，时而接近熄灭的边缘。

火光逼近了。

“哗啦哗啦……”四个男生跌跌撞撞地跑了过来。

透过灌木丛的空隙，蓝小朵认出他们是5班的学生。此时他们衣衫凌乱，一脸惊恐，频频回头望向来处，脸色苍白如纸。

“嘭！”一头黑乎乎的东西冲碎了阻挡在身前的一截儿枯木，疯狂地朝四人追来。它嘴里嵌着两根黄色的弯曲獠牙，全身生满黑毛，粗壮的身子像一台重型坦克。

“我的天，那是什么？”江岱川张大了嘴，下巴都要掉在地上了。

“是……野猪。”蓝小朵的脸色也很不好看，心底不禁庆幸他们一路没有遇到这种粗暴的动物。

蓝小朵他们五个见这头暴怒的野猪马上就要追上他们，顿时浑身打战，更加卖力地逃起来。火光消失在树林里，只有野猪的吼声和灌木折断的脆响渐行渐远地传来。

蓝小朵他们五个都捏了一把汗。

“他们没事吧？我们要不要跟上去看看？”唐清树担心地说。

“嗯，跟上去看看吧。”蓝小朵抿着嘴，站起身。

“说不定我们还能帮上什么忙。”张景俊表示赞同。

既然说定，张景俊就再次点燃了火把。五人走出灌木丛，沿着野猪奔走的路追去，可没跑两步，远处就响起了一声嘹亮的惨叫。

是野猪的叫声！

蓝小朵露出惊疑的神色，她转脸，看到张景俊同样深锁起来的眉头，于是她一咬牙，加快了步伐。张景俊反应过来，追上蓝小朵，两人先一步朝前赶去。

惨叫过后，野猪重新发出愤怒的吼声。

“嘭！”是重物撞击的声音，野猪惨叫一声之后，发出更疯狂的吼声。

“嘭嘭嘭！”紧接着，沉闷的撞击声如连环炮弹般炸响。

野猪像是遭到了重创，发出“哼哼叽叽”的示弱声。

张景俊携着火把，步履生风，手里的火焰蹿动拉长，像一条舞动的火蛇。

远处出现了野猪模糊的身影，它此时不停地转圈，獠牙乱拱，像是在抵挡什么可怕的怪物。

一道黑影在黑暗里显现，闪动，消失，诡异如一阵流窜的风。

黑影总在野猪的身后高高地跃起，抬起脚朝下踢去。野猪虽然皮粗肉糙，但是挨了这种重击，身子还是在冲击波下一阵后退，哼叫着四处躲避。

又是一脚，野猪终于不再迎战，而是恐惧地转身逃跑。那道黑影从半空里翻了个身，重重地落在地上，发出一声收脚的闷响。黑影已经瞅见了往这里赶来的张景俊和蓝小朵，先是一愣，然后身子一闪，就急着要融进黑暗里。

张景俊虽不知道这黑影是谁，也不知道黑影为什么要帮四个男生赶走野猪，但他知道绝不能放黑影离开。他高高跃过一截儿枯木，抡起手里的火把朝黑衣人狠狠掷去。

火把的火焰瞬间汹涌燃烧，仿佛耗尽了所有能量，汇集成一道耀眼的余光。

黑影毫不理会，因为火把距离他太远，他只是脚下一动，就窜进了浓重的黑夜里。

火把划出一道抛物线，燃尽了，“啪”的一下砸到地上。

周围陷入完全的黑暗。

蓝小朵凭着印象，摸黑停在张景俊一侧，气喘吁吁地说道：“那黑影哪里去了？”

“跑了。”黑暗里，张景俊的声音诡异地响起，“蓝小朵，猜猜那黑影是谁？”

蓝小朵一怔：“谁？”

张景俊突然嘿嘿笑起来，笑声有点儿冷，透着让人捉摸不透的意味：“是神秘人之一——猿猴面具人。”

蓝小朵心脏狠狠地一跳，脊背一片冰凉，她惊恐地喊：“这些人怎么还跟着我们？”

好一会儿，才响起张景俊疑惑的声音，黑暗让蓝小朵看不清他此时的表情：“他们到底有什么目的？蓝小朵，你说你曾经在列车外见到过一个黑衣人，我一直都没有详细问过，你说的那个黑衣人戴面具吗？”

蓝小朵咬着嘴唇，想了想：“当时我被那双眼睛吓住了，并没注意那个人有没有戴面具。”

“嗯。”张景俊思量着，稳了稳语调，“那我们就暂时不把这个人算进来。除去这人，我们跟‘面具怪人’遭遇了三次：第一次是我们收集蝴蝶卵和宿主时，遇到了猿猴面具人；第二次，我们越野比赛时遇到了狗熊面具人和猿猴面具人；第三次，也就是今天，我们又意外发现了猿猴面具人。其中，第一次，是你听到了脚步声，我们去追才跟猿猴面具人有点儿接触；第二次，是我发现了一直跟踪我们的狗熊面具人，然后抓住了他，却让猿猴面具人把他救走了；这次，我们因为担心同学，追上野猪后发现猿猴面具人在驱赶野猪。而最让人吃惊的就是这次，猿猴面具人居然会帮忙赶走野猪。”

他继续说：“我们现在针对猿猴面具人，可以分析一下。这三次猿猴面具人都没有直接跟踪我们，而第二次也是在狗熊面具人求救的情况下才出现，这是不是表示，他是一名管理者？管理着狗熊面具人，甚至更多我们并没有发现的其他面具人呢？”

张景俊前面列出的情况清楚直观，虽然后面的猜测很没有依据，更像臆测，但是蓝小朵还是冷不丁地打了个哆嗦。

周围黑漆漆的，伸手不见五指，只有张景俊微弱的呼吸声。微风吹过耳旁，像妖精嘀嘀咕咕的议论声，蓝小朵的心“怦怦”直跳。这一刻，蓝小朵觉得整个森林就是一个冰冷阴森的牢笼，而无数的眼睛藏在黑暗中注视着她和张景俊。

“我刚刚提出的是第一个猜测……”张景俊微微一顿，“第二个猜测就是，我们应该可以排除面具怪人只跟踪我们这个可能性了。从这几次遭遇来看，他们好像跟踪的是……所有学生。”

“所有学生？”蓝小朵重复了一下。

说到这里，张景俊的语气变得很怪，像在深思，又像在低笑：“我真的很疑惑，为什么他们跟踪我们却一直没有伤害我们，而且在刚刚，还帮那些男生赶走野猪？”

说着说着，张景俊突然发问：“在这几次遭遇中，你有没有发现一些他们活动的共同点，或者说规律？”

“共同点？”蓝小朵渐渐皱紧眉头，“都戴着面具？”

“嗯……这也算一个。但还有一个更重要的，不知你有没有发觉？”张景俊说。

“我想想。”蓝小朵再次将这些杂乱的信息梳理了一番，脑海中的信息突然显现出一道清晰的线索，蓝小朵抓住了它，惊叫着，“他们只在我们外出并远离列车的时候才出现！”

“没错，而这也是我想不明白的地方。”张景俊继续幽幽地低笑，“他们的目的到底是什么？”

“或许他们是害怕列车上的老师？就是不知道越野比赛的时候，老师们跟他们有没有正面接触……”蓝小朵试着猜测。

“小朵、张景俊，你们在哪里？”

远处响起平安他们担心的呼叫声。

一抹火光刺破了黑暗，剪出了张景俊模糊的身影。

他挺着胸，手插在裤兜里，一身迷彩服被他撑得十分饱满。他的侧脸轮廓分明，一双深邃的眼睛流转着晦涩的光芒，他轻轻地说道：“谁知道呢？”

【九】城市里的碰撞

1

两天后。

上午十点。

猫着腰，踮着脚，平安小心翼翼地走近了，走近了，然后猛地一扑！

草丛里一只小动物“嗖”地蹿了出来，以闪电般的速度逃进了远处的灌木丛。

“哎哟”一声，为了抓住这只兔子，一跃到半空中的平安只得拼命扭动身子，可不幸的是，她失去了平衡，摔进了草丛。

“不要嘛！”平安趴在地上，头发凌乱，还夹着草叶，她悲惨地叫起来，“小朵，小朵，快帮我抓住那只皮卡丘！”

蓝小朵无奈地拉起她，给她加油鼓劲：“这只皮卡丘跑了，说明不适合你……真正的神奇宝贝，是会主动投奔主人的。我相信，不久的将来，不，也许是下一刻，就会有神奇宝贝投奔你了！”

就在蓝小朵给平安加油鼓劲的时候，唐清树突然发出一声惊呼——

“啊……大海！”

大海?

蓝小朵他们急忙朝唐清树所指的方向看去，大家顿时愣住了，确实是海！

他们激动地看向彼此，突然放声大笑起来，直笑得喘不上气，直不起腰。经过两天艰难地穿行，每个人都变得蓬头垢面，女生头发上挂着各种树叶和杂草，男生脸上和胳膊上蹭满了泥灰。

不过，这些都不重要，重要的是五人终于钻出了森林。

浪花在阳光下碎裂成一串串洁白的珍珠，海浪随着风荡来荡去，拼命冲向贝壳遍地、仿佛洒满金子的海岸。几尾红帆遥遥地在海浪上游曳，阳光下，像是散落的红宝石。

蓝小朵他们欢呼着，脱掉了迷彩外套，径直跑进沙滩，跑进了海水里。

好好清洗了一番，蓝小朵他们换上了平时的装束，开始朝目的地走去。

这处狭长的半圆形海湾包围着一座小城。

远远地，蓝小朵他们就瞅到小城入口竖立的两根红褐色的桅杆，在阳光的照耀下，桅杆的影子凝聚成深邃的两点，仿佛能洞穿地面。

靠得近了，城市里的建筑也清晰起来：清一色的白色双层小楼，青石铺成的道路蜿蜒钻进小城深处，巨大的红色帆布悬挂在楼前，写着“鱼记酒家”“海鲜烧烤”等等字样。更远处，也就是城市的中心，虽然没有高楼大厦，但是建筑整齐而干净，且十分现代化。看得出，这是一座富饶的城镇。

五人一路走去，沿着小路走进了宽阔的柏油路。路上汽车飞驰，路边依旧店铺林立。

“哇，贝壳小屋！小朵，这、这里肯定有多刺菊石兽！”平安远远地瞅见一个店铺，激动地喊起来。

“啊……我们不如去那儿看看吧！”唐清树深情地眨着神采飞扬的大眼睛，捂住了嘴巴。

蓝小朵循着她示意的方向看去，那是一家挂着粉色、青色薄纱长裙的衣服店，名字叫——少女的森林。

“哎呀！”江岱川双目放光，喉咙滚动，一脸贪婪的样子，“我先去看看游戏光碟了！”说着他率先跑向了一家游戏商店。

紧跟着他的是同样兴奋的平安和唐清树。

这段时间，一直在列车上生活和学习，大家真的都快忘掉商店是什么样子了，就连蓝小朵，也忍不住要奔向各种服饰店了。

可她还在忍。

“你不去吗？”张景俊笑得古怪，问扭捏的蓝小朵，“想去就去啊。”他觉得她很好玩，明明心里想去，还要克制着不迈出双腿。

蓝小朵见自己的心思被张景俊看穿了，她耳根一红，哼了一声，就去追跑远的三人。

跑到半路，她一回头，却发现张景俊掏出了他那老古董手机。

张景俊在手里把玩了两下手机，抬头瞅了瞅蓝小朵。

蓝小朵收回目光，继续朝前走。

她虽然看不到张景俊，但她听到他翻开了手机盖子，按下了一个号码。

“嘀……嘀……嘀……”

蓝小朵放慢了脚步，这一刻，她的呼吸变得异常急促。

“喂。”张景俊说道。

电话显然通了。

这一刻，周边的车轮呼啸声、汽车鸣笛声、商场的吆喝声、路人的笑声和谈话声纷纷消失了，整个世界仿佛只剩下身后那爽朗的声音。

张景俊轻轻吸入一口气，忽然笑起来：“最近还好吗，张景俊？”

过了一会儿，手机那边传来一个清澈的声音，这声音带着点儿惊喜。

“艾维尼。”那声音轻轻地笑，“怎么突然给我打电话？”

艾维尼？

这是谁？电话里的人居然这样称呼张景俊！

蓝小朵的脑海中像是猛地掠过一架超重型轰炸机，炸弹在她耳边被疯狂地引爆，震耳欲聋。

听到这里，她怎么能不明白呢？张景俊，这个张景俊，之所以在短信里喊着别人“张景俊”，就是因为他不是张景俊！

而……艾维尼，这是他真正的姓名吗？蓝小朵双手攥在一起，攥紧了。

她想过很多种可能性，她觉得这是别人的秘密，她不能触碰，她需要尊重，但是她怎么也没想到，眼前的人，顶着别人的姓名来到了奥尔多·乔薇丽亚号上？这算什么？他为什么要这样做？看起来他和真正的张景俊还是朋友，这一切多么荒唐！他到底有什么目的？

诡异的面具怪人已经让蓝小朵感到深深的不安，张景俊的事，在此刻，蓦然横在她心坎上，像一把闪烁锋芒的利刃。

“我现在在城市里，别的先不说。”张景俊声音放低，听起来，他像是皱起了眉头，“我给你打电话，是想告诉你……”

“吱——”

极度不满的长嘶猛然在蓝小朵耳边炸响，震断了张景俊，不，这个冒充张景俊的人的声音！

一辆巨型货车缓缓停在蓝小朵前面，发出愤怒的咆哮声。

蓝小朵终于从愣怔中反应了过来，抬头一看，她惊得脸色煞白。原来她不知不觉间走到了马路中间。

货车司机骂骂咧咧地探头出来，对着蓝小朵叫嚷了几句。蓝小朵低声下气地道歉，涨红着脸退回到路边。

她的思绪已经乱到不能保持镇定的地步了，她拧着眉头，警惕地看向了“张景俊”，陷入了深思。

张景俊已经挂掉了电话，抬头对上了蓝小朵的目光。他本来舒展的眉，微微紧了紧，他把手机装进裤兜，捏了捏鼻子，就朝蓝小朵走去。

他走近了，微微蹙着的眉重新舒展开来，一双眼睛黑得发亮，嘴角也挂起一抹笑容。这让他看起来像一个人畜无害的三好少年。

“蓝小朵。”他喊了一声。

蓝小朵没有回答。

“蓝小朵，你傻了？”他觉得奇怪，又伸手在她面前晃了晃。

蓝小朵回过神来，退后两步：“你干什么？”

“你怎么了？”张景俊看了看周围，靠近她，笑着耸肩，还不忘拨了拨头发，“没什么帅哥啊，难道是觉得我……”

“闭嘴！”蓝小朵深吸一口气，跟他继续拉开距离，“你是谁？”

“我是谁？”张景俊一愣，眼睛骤然眯紧，“我能是谁？我当然是张景俊了。”

蓝小朵把肺里的浊气吐了出来，慢慢平静了下来。

她抬起头，盯着张景俊的眼睛，一字一顿地再次问：“你——是——谁？”

张景俊的双目突然蒙上了一丝寒意，但被他极力压制着，他依旧笑着，不疼不痒地回答：“我还能是谁呢？”

“艾维尼是谁？”蓝小朵目光灼人，冷声质问。

喂！
张景俊，你究竟是谁？
既然被你发现了，
那我也只好向你坦白了……
我的真实身份是青城山下，
一棵修炼已久的胡萝卜！
石化

张景俊的笑容陡然静止了。

他歪了歪头，仿佛初见一般重新打量起蓝小朵来。他收起散漫的笑意，慢慢站直了身子。

他一脸平静，双目在这一瞬仿佛吸尽了周围的光，好像他站在了波涛汹涌的巨浪上，睥睨着眼前的一切。他全身散发出的刺骨冷意，连空气里的水汽都结冰了。

“你听到了啊。”他挽了挽袖口，淡淡地开口问道，“然后呢？”

蓝小朵并没有因为他突然凌厉起来的气势而退缩，反而朝前迈出了一步，毫无畏惧地开口：“然后，我会告诉老师。”

“那你去告啊。”张景俊看着她戒备的样子，面无表情，“不过，蓝小朵，你还记不记得你答应过我一件事？在我需要的时候，你要无条件替我做一件事。”

“当然记得……但我当时说过不能太过分。”蓝小朵躲躲闪闪地说。

“是啊。”周围的水汽再次被阳光蒸腾，张景俊眼睛中的冰冷消失无踪，他突然嘿嘿笑起来，“我现在就使用这个约定，而约定的内容就是请你替我保守这个秘密。”

蓝小朵心头一紧：“这算什么？我为什么要帮你，凭什么要我帮一个冒牌货保密？”

“我是你同班同学，这不是理由吗？我是你朋友，这不是理由吗？”张景俊摊摊手，“朋友间最需要的难道不是互相信任吗？”

“这是两码事。你不在入学名单上，你欺骗了老师和学校！”蓝小朵觉得他又在强词夺理，不禁气愤地喊道。

“你认为这很重要？”张景俊的眉梢透着一丝感慨，“我认认真真地问你，你在知道了奥尔多中学的真正面貌后，有没有不顾一切也要来上学的念头？”

蓝小朵不知道张景俊为什么突然这样问，但是她回忆起来，当初，在她迷茫绝望时，是奥尔多中学给了她希望，奥尔多中学像一道刺破黑暗的光，照亮了蓝小朵眼前的世界。在她心里，给予她希望的奥尔多中学，有着无比非凡的意义。

“是，我确实有这种念头。”蓝小朵不得不承认。

“那如果有一个跟你一样，渴望来到奥尔多中学，渴望登上奥尔多·乔薇丽亚号，渴望跟来自全国各地的朋友来一场疯狂旅行的人，而他却因为某些事情不得不放弃这个机会，不得不黯然砍碎自己的愿望。”张景俊的声音越来越大，像轰隆隆的雷声，“如果有这么一个人，你觉得他是不是很可怜？”

蓝小朵呼吸变得急促起来，确实，被迫放弃这样的机会，绝对是够让人伤心的。她不知道该怎么回答，所以她低低地问：“这个人是你，对吗？”

“不。”雷声远去，乌云蔽日，张景俊放缓了语调，“这个人是张景俊，是真正的张景俊，是我的朋友，我最好的朋友。”

蓝小朵疑惑起来，不知道张景俊又要说什么。

“在奥尔多中学筹建之初，得知消息的他表现出了浓厚的兴趣，他妈妈带着他慕名找到校方，他不计较这是试学，不计较这是一所新学校，他本该来入学，踏上旅程。”张景俊的手臂低垂了下去，神色暗淡下来，“但是，他妈妈突然生了重病，他没有爸爸，没有人照顾妈妈，他不得不放弃这次旅行，选择近的学校，边上学边照顾妈妈。”

张景俊握紧了拳头：“他整个暑假，都没有笑过……后来我帮他调整心情，他把心里的不甘和失望告诉了我……当他知道我报名了距他家很近的木水中学时，居然激动地拉住了我的手。他知道我是一个喜欢冒险的人，知道我肯定能替他实现愿望，于是把他的想法告诉了我。他说：‘我代替你去木水中学，你代替我去奥尔多中学，我们互换身份吧，从今天起，你就是我，而我就是你。’”

听着张景俊将事情的原委说出来，看着他无比低落的样子，蓝小朵心里的疑虑消失了大半，取而代之的则是歉意。

“于是，我来到奥尔多·乔薇丽亚号，踏上了这辆豪华又梦幻的列车，而这一切的意义并不简单，这是我跟他的约定，是我们两个人的旅程。”张景俊微微仰起头，他的双目暴露在太阳之下，黑色的瞳孔被绚烂的日光穿透，镀上镏金般的光泽，“我带着另一个朋友的心愿来到这里，而今天，现在，我更以朋友的身份，请求你……”

他重新低下头，郑重地看向蓝小朵：“替我保守这个秘密，好吗？”

蓝小朵看着他微微泛红的眼眶，吃惊极了。她没想到他居然会露出这样的一面，她突然觉得自己做得有点儿过分，不仅偷听了他的短信，还在偷听到电话后质问他。

啊！

他是这样一个重情重义，愿意为了朋友伪造身份登上奥尔多·乔薇丽亚号的人；这样一个不顾一切，不顾一旦身份暴露所面临的严重后果的人；这样一个敢于追求自己和朋友梦想的人，勇于追求自由和激情的人。眼前站着这样一个个性张扬潇洒的同龄人，让蓝小朵突然觉得自惭形秽。她更加觉得自己做得不对，虽然眼前的人欺瞒了老师和学校，而且看着那么不正经。

蓝小朵心里乱极了，愧疚、歉意和窘意如潮水般袭来。她的眼神躲躲闪闪："那你这样做，不怕被学校发现吗？万一暴露了……你们两人怎么办？"

张景俊右手插进裤兜里，左手理了理领口，眉梢露出了一丝痞意，他狡黠地笑起来。

"这个不用担心，万一暴露了，我和他就各自做回自己，我家里会办妥一切的。而且啊……"他看向蓝小朵，耸耸肩，"你也不会揭我老底的，是吧？"

都说到这个份上了，蓝小朵也只能叹了一口气："张景俊，不，艾……艾卫泥……"

"艾维尼。"张景俊纠正，"我的全名，艾维尼·吉。"

"好吧，好吧。艾……艾维尼·吉。"蓝小朵舌头差点儿打结，"约定生效，我会帮你保守这个秘密。"

张景俊，不，是艾维尼·吉，说："以后依旧喊我张景俊哦。"

蓝小朵红着脸点头。

他突然朝前伸出手。

“干吗？”蓝小朵退了一步。

“击掌。”他笑。

“啪。”两人掌心轻触，发出嫩芽破土般的脆响。

蓝小朵转身朝商店跑去，深蓝色的长发旋转、撒落，像午夜泼洒的星光，细软秀美如宝蓝丝绸。她落荒而逃前，丢下一句话——

“对不起。”

2

森林深处。

几个面具黑衣人穿行在森林里，此刻，他们依旧戴着特制的眼镜。

突然，猿猴面具人停下来，抬起手，按下了手腕上仪器的开关。仪器前端类似吸尘器的吸口处蓦地传来一阵吸力。

十几秒后，吸力消失，他关闭了仪器。做完这些，他满意地敲了敲仪器后槽嵌着的玻璃瓶，透过眼镜，可以看见玻璃瓶里缓缓飘动着一缕蓝色的气体。

“‘大地的馈赠’有减少的迹象啊。”一旁的狼面具人嘀咕了一句。

“没有‘食物’，它们会藏起来的。”猿猴面具人伸手点了点面前的一张蛛网，蛛网颤动，一只蜘蛛欣喜若狂地从隐匿处爬了出来。他手指快速捏住蜘蛛的后背，看着它惊慌地舞动着长腿，亮出锋利的螯撕咬他的手套，“过几天，学生们开始返回，‘大地的馈赠’会再次出现，大家跟好自己的‘猎物’，别像‘狗熊’那样栽了。”

“是，队长。”其余几个面具人齐齐回答。

为了攒够买柴油的钱，蓝小朵一行想了个办法——谎报年龄打零工。

夜晚，五人围坐在沙滩上，中间点着一堆篝火。

“今天的收获还不错，这样算来，再过两三天我们就能攒够钱了。”蓝小朵高举双臂，好好舒展了一下身体，她看了看夜晚的繁星，打了个呵欠，“大家辛苦啦，早点儿睡觉吧。”

“好想躺在床上啊。”平安从背包里掏出衣服铺在地上。

“宾馆里有啊。可我们，没钱！”江岱川翻身仰躺在沙滩上。

蓝小朵同样躺在沙滩上，海风扯得她的裙子猎猎作响，长发飞散遮住了她的眼睛。她抬起手臂拨开了飘散的头发，看着天空中的点点星辰发呆。

一盏红色许愿灯闯进了她的视野，在夜幕里，在黑暗的浓雾里，发出蒙蒙的红光，随风晃动，扶摇直上。

天空中有什么呢？蓝小朵不禁想，悠悠荡漾的云朵会不会载着很多很多人许下的心愿呢？那些璀璨的星星是不是都被夜晚看星星的孩子给起了名字呢？

谁知道呢？她心里轻轻地说，然后转头看张景俊。

后者同样出神地看着星空，他半蜷着左腿，右腿伸得笔直，脑袋枕着自己的右手，胸腹随着呼吸一上一下，侧着的脸庞看不出表情，却被火光映得宛如一块温润的黄玉。

三天里，汗流浃背，辛辛苦苦地接连换了好几份工作之后，蓝小朵他们终于攒够了钱。他们立即去了加油站买了三十五升柴油。两个男生承担起重任，各自背着装着十五升柴油的容器，蓝小朵则背上了剩下的五升。一行五人在城市里好好玩了半天，虽然剩余的钱不多，但也让他们好好吃了一顿丰盛的海鲜大餐。

海浪依旧滚向海岸，阳光洒满海滩，映照着金子般的沙砾。

五人重新钻进森林的那一刻，海面上突然起风了。

1

没多久，乌云翻卷着向前推进，攻入森林的范围，彻底阻断了阳光，天色瞬间沉了下来。

电光在黑云里窜动，像是要给云朵镶上华丽的金边。炸雷惊现，“轰隆轰隆”回响在天地间，仿佛下一刻就要天崩地裂。

一滴雨从空中坠下，落到了蓝小朵的手臂上。

蓝小朵抬头望天，密密麻麻的雨点紧随而来。

她拉紧了领口，领着几人跑向一棵树叶繁茂的大树。刚跑到树下，豆粒大的雨点便“唰唰”砸了下来。没几秒，雨点就化作了雨线，紧接着变成雨柱，仿佛天空被谁给捅了一个窟窿，雨水从洞里倾泻而下，贯穿天地。

一时间，雨幕彻底淹没了一切，周围暗得可怕。雨水交织撞击的声响充斥在天地间，冲击着几人的耳膜。

因为这棵树实在粗壮和茂盛，它的树冠撑在半空，像一把厚厚的巨伞。但在雨的攻势下，估计它也支撑不了多久。不过它还是给五人提供了临时的避雨场所。

“幸好我们在商店里买了雨衣和雨鞋！”蓝小朵大喊着，声音在雨声里却细若蚊蚋。她卸下自己的背包，从里面掏出红色的雨衣和雨鞋。

几人赶紧换上了雨衣和雨鞋。

雨柱终于冲垮了巨树的防线，树冠耷拉下来，像破败的油纸伞。五人挨在一起，然后不管不顾地冲了出去。

海边的暴雨来得快，走得也快，半个小时后，雨势开始减弱，雷声渐渐隐去。

“呼啦！”

前面的树丛里有什么在动。

“哗啦，呼啦！”雨声中，传来磨蹭灌木的声音。蓝小朵躲在树后，探出半个头看去，见是几道人影。他们正在赶路，其中有男有女，背着包，同样穿着雨衣。

蓝小朵认出了这几人是 1 班的学生，于是就想打声招呼。

可一只手突然从她身后探过来，捂住了她的嘴。

“嘘！”张景俊凑到她耳边，轻轻地说，“你看那些人后面。”

蓝小朵的脸“唰”地红起来，她心不在焉地看过去，心里猛地一个激灵。

那些学生后面，大约十几米的地方，有个注视着他们的黑衣人。黑衣人戴着狼面具，还戴着一副奇怪的眼镜，猫着腰在灌木丛后小心地跟进。

“你们在干吗？”江岱川坏笑着走过来。

张景俊闪身跳到江岱川身边，一手抓着他的手，一手堵住他的嘴，小声说：“别说话，我们又发现了那些面具怪人。”

江岱川的脸色变了。第一次蓝小朵和张景俊去追猿猴面具人，五人一起去报告给了朱老师，当时他没有亲眼看到，还不怎么在意，后来得知越野比赛蓝小朵他们抓到一个狗熊面具人时，才意识到了问题的严重性，现在他亲眼看到这一幕，真的吃惊极了。

“现在怎么办？”蓝小朵担心地问。

张景俊松开了江岱川，他的雨衣帽子被他自己掀掉了，淋漓的雨点从他湿漉漉的发梢处滴下来，经过他的眉弓、鼻翼和嘴角，滑过下巴，滴在地上，发出“滴答滴答”的声音。他双眼微微眯起，晦涩的光芒一闪即逝，他说：“我们必须抓住他。”

雨已经基本停了。

蓝小朵将一路绘制的地图拿出来，她拿出笔在一个红点上用三角形标注：“我们现在就是沿着来时的路往回赶，这个点就是我们目前的位置。”

张景俊伸出修长的手指，在地图上的三角形和其余红点间来来回回地摸：“前面几人也在我们的路线上，这是一个很好的机会。”最终，他的手指停在了三角形标注前面的一个红点上方，“这里，我现在赶去这里，然后我可以在这儿伏击。接下来，你们在狼面具人后面偷偷跟着。记住，千万别提前暴露了！”

此时，他的左手抱着几根绳子，右手提着装满工具的沉甸甸的背包，看着蓝小朵，挑挑眉：“有没有信心？”

蓝小朵不甘示弱地抬起头，迎上了他的目光，她哼了一声：“别小看人！”

张景俊又看向江岱川他们。江岱川拧着眉头，露出烈士般的庄严表情。平安抿着嘴，手紧张地攥在一起，小脸上露出既担忧又兴奋的表情。唐清树同样一脸担心，对着张景俊点点头。

“大家加油！”张景俊将绳子套在脖子上，腾出左手，伸了出去。

“加油！”蓝小朵将手也放上去。

“加油！”五人的手叠在一起，齐声喊道：“勇士小队，出击！”

五只手破开了腾起的袅袅雾气，重重地甩向下方，从下面看过去，五人手臂光影流转，手掌落下的瞬间，像飞落的白鸽。

一路紧跟。

狼面具人跟着前面七个学生，蓝小朵他们四人跟着狼面具人。

一千来米看似不长，但是对充满障碍，刚下过雨，脚下又湿滑的森林地带来说，却实在不是一个短距离。

不仅要紧紧盯着狼面具人，还要保持好距离不被他发现，这可并不是一件轻松的活。一路上，狼面具人时不时停下，抬起手腕，拨动一个奇怪的仪器，然后关掉。

蓝小朵紧皱眉头，她不知道这些面具人为什么要跟着学生，那个奇怪的仪器是什么东西？会伤害或者杀死学生吗？她不知道。她的心高高地悬着，双脚像是走在架在深渊的独木桥上，她只能在心里默默祈祷张景俊行动顺利，并把希望寄托在他灵敏的身手上。

前面是一处凹下去的土地，凹地里生长着郁郁葱葱、交织缠绕的灌木和草藤。前面的七个学生相互搀扶着，从滑腻的草地上滑了下去，一头钻进了没过人的灌木。

七人走后，周围寂静了下来。

没多久，一个鬼魅般的黑影从树后闪了出来。他——狼面具人停在凹地边缘，没有下去，而是打开了仪器。仪器指示灯亮起，发出“嘀”的一声响。

“呼！”

有什么东西以极快的速度朝狼面具人射去。

狼面具人只感到眼前一暗，他知道攻击已至，想躲也已经晚了，于是匆忙抬起双手，交叉着抵挡。

“砰”的一声闷响，一块足有一人粗的木头撞到了他的双手。

交叉的手臂被迫撞到了胸口，狼面具人抵挡不住这截枯木的冲击力，整个人朝后摔去。他在地上骨碌碌滚了几圈，黑衣沾满了湿泥。但他并没有惊慌失措，而是飞快地从地上弹起来，死死盯着木头袭来的方向。

又是一道呼声。一个人影从半空中荡了过来，这人手里拽着绳子，眼睛眯起如鹰隼，双腿微微屈着，像发射出来的强弩。

他荡下来的一瞬间，左腿收紧，腰部凝力，汇聚到右腿上，然后他猛地弹起，狠狠朝狼面具人踢去。

这一腿，仿佛裂云之箭，携着汹涌如潮水的力量，射向了狼面具人的腹部。

太突然了！

狼面具人只能再次伸手抵挡，这一次，张景俊重重地踏在了他的手背上，然后身子弹向一侧，他的左脚在右脚飞离的时候，斜踢了过去。

狼面具人藏在眼镜后方的眼睛闪过浓浓的吃惊，他忍着疼痛，终于避开了张景俊的第二脚。

两人电光石火般撞击，又迅速分离。

狼面具人借力翻身，朝后跳去。张景俊在半空中扭腰，身子划了一个半圆，然后他稳稳地落到地上。

狼面具人停下来，手背印着清晰的通红鞋印。他甩了甩手，然后将手探入腰间，从那里抽出一把匕首。

就在这时，不远处响起蓝小朵急促又振奋的声音："张景俊，我们来帮你！"

这是之前小组五人商量的对策——张景俊提前赶往伏击地点，将面具人跟他尾随的几个同学分开，暂时阻拦他一番，然后蓝小朵他们再一起出击，堵住他的后路。

如果只有张景俊一个人，虽然难缠，但是对付起来还是绰绰有余，可见到前来支援的四个人，狼面具人便彻底慌了。他将匕首插回腰间，慢慢朝一侧退去。

张景俊并没有阻止，而是站在那里，紧紧盯着他。

狼面具人继续退了两步，紧接着转身逃走，三两步没了踪影。

蓝小朵率先跑到张景俊面前，埋怨地喊："你怎么放他走啊？"

张景俊嘿嘿笑着，耸耸肩，然后看了看狼面具人逃去的方向，嘴里突然念叨起来："一……"

"什么？"蓝小朵以为听错了。

他没有回答蓝小朵，而是笑着继续数："二。"

"张景俊，你搞什么鬼？"蓝小朵喊。

"三。"张景俊话音一落，狼面具人逃走的方向传来一声惨叫。

"我们走吧。"张景俊摊摊手，朝那里跑去。

蓝小朵明白了过来，她无奈地等着平安他们过来，然后一起跟了过去。

狼面具人倒挂在半空，左脚脚踝被绳索紧紧勒着，他被一根紧绷的尼龙绳吊了起来。见对方追了过来，狼面具人心里焦急，赶紧用力攥着匕首，弯腰去割尼龙绳。

张景俊怎么能让他得逞，他捡起地上的一块石子，抡过去。石子精准地打在匕首上，将之击落了下来。匕首插进地面，发出"噌"的一声响。

"好东西啊！"江岱川从地上拔出这柄匕首，在眼前晃了晃，寒芒刺目。他摸着银制刀柄上镶嵌的缕缕金丝，双眼放光。

平安戴着帽子，手里举着长树枝，警惕地站在唐清树背后。

绳子解开，狼面具人从半空落下来的同时扭动身体，试图让自己在落地的一瞬间抓住机会逃跑。

可张景俊不会给他这个机会，他一把钳住狼面具人的手臂，扭转在他背后。

狼面具人痛得闷哼一声，脚下再不敢动一步，他彻底绝望了。

蓝小朵拍拍手上的泥土，走上前去，先摘掉了狼面具人的眼镜，然后扯住面具的一角，将之从这人脸上取了下来。

这是一张再普通不过的男人的脸，大约二十来岁，只是此刻，这张脸上尽是不甘。他的眼睛很小，闪烁着慌乱的光芒。

"你是谁？"蓝小朵将面具丢在地上，冷笑着问。

男人不吭声。

"为什么跟着那些学生？"蓝小朵捏住自己的下巴，打量着他，然后转到他身后，去取他手腕上的仪器。

男人受惊似的挣扎，但是在张景俊和江岱川两人奋力的压制下，他的挣扎只能是徒劳。

仪器是由不知名的材质做成的，摸着并不光滑，体积大约有两个拳头大小，长条状，分为前后两部分。流线型的身形像一尾长吻鲟鱼，前面的"鱼嘴"是银灰色的，微微翘起，扁平细长，后面的"鱼身"是灰黑色的槽，槽里嵌着一个两指粗、一指长的透明玻璃瓶。

红蓝黑三色按钮一字排列在"鱼尾"之上，红色按钮旁边写着"OPEN"，蓝色的写着"OFF"，黑色的没有任何标注。

"按黑的。"张景俊提示。

蓝小朵点点头，照做。

包裹着男人手腕的机械"鱼鳍"发出"咔"的一声响，然后缓缓打开了。

蓝小朵轻而易举地取下这个奇怪的仪器，她按下了红色的开关键。仪器的扁嘴开始"嗞嗞"地吸气，按下蓝色键，扁嘴停止工作。

"张景俊，你还记得上次那个狗熊面具人吗？他有没有戴着这种仪器？"蓝小朵疑惑地问。当时，她离得远，光线又暗，并没有注意。

"好像那个人也戴着这种东西。"张景俊从背包里掏出一根绳子，将身前狼面具人的双手给死死捆住了，然后又去捆他的脚。

蓝小朵点点头，把仪器拿到狼面具人眼前晃了晃："能不能请你告诉我们，这是什么东西，是干什么的？你们这些人有什么目的？"

狼面具人反抗着张景俊的捆绑，依旧不吭声。

"啊，清树，你身边是什么？"平安突然尖叫了一声。

蓝小朵以为发生了什么事，转头看去，却愣了愣。

平安不知何时捡起了地上的黑色眼镜，戴在了眼前，她一手扶着眼镜不让它滑下来，一手指着唐清树头顶的空气，惊讶地喊："啊，清树，那个怪东西钻进你头发里了！"

唐清树慌忙抬头看，什么都没有，她又急忙用手拨动头发，试图从里面甩出平安说的怪东西，但还是什么都没有。

"啊，它、它又钻出来了，现在趴在你肩头呢！"平安双脚乱蹦，指着唐清树的肩膀，惊叫连连。

“平安，什么都没有啊。”蓝小朵看了看唐清树身上，疑惑地说。

“啊，小朵，你脖子上也有一条！”平安看向蓝小朵，她又“哇”地大叫一声，“这是什么啊，好像一条长长的鼻涕虫！”

蓝小朵下意识地就用手去摸脖子，可是脖子上并没有任何东西，更没有平安说的“鼻涕虫”。

“平安同学，你不会是出现幻觉了吧？”江岱川关心地说。

平安见别人不相信，急得直跺脚，眼镜一个不稳，“啪”地掉在了地上。

“咦……”她揉了揉眼睛，“怎么又消失了？”

平安捡起眼镜重新戴上，她双目瞪大，喃喃地说：“又出现了！”她气得将眼镜丢在脚下，就要踩碎它。

蓝小朵忙上前拉住了平安。她从地上捡起眼镜，戴在了眼前。

这副眼镜比一般眼镜大，左镜框下有一个指甲大小的黑色处理器。在戴上的一瞬间，她突然有种感觉，眼前的世界仿佛产生了变化，仿佛变得更加“清楚”更加“透彻”了，她看向天空，看向周围，看向在场的每个人。

十几条蓝色的“鼻涕虫”在空气里游动，散落在周围以及在场的人身上，包括她自己身上都缠着一两条“鼻涕虫”。可是，她明明看到其中一条“鼻涕虫”在自己左手臂上扭动，却感受不到它的存在。

她心里咯噔一下，脸上掠过一丝惊慌，战战兢兢地伸出右手去摸。

触摸到了。

可是明明摸到了，手上却没有感觉，蓝小朵一用力，手指一下戳穿了蓝色“鼻涕虫”的身体。这让她轻轻地“啊”了一声。

蓝色“鼻涕虫”好像被惊动了，它扭动身子，飞向了半空。它飞过蓝小朵的眼前，悬浮在了那里。蓝小朵更加细致地观察起它来。

这种奇怪的“鼻涕虫”，也只是形状像鼻涕虫而已，准确来说，它是一缕蓝色的气体。这种气体水汪汪的，在空气里凝而不散，且周围有细小的丝状触手拨动着空气，使得它可以移动和飞行。

蓝小朵更加吃惊，有意无意地看向手里的仪器，见仪器后槽的玻璃瓶里同样有这种蓝色气体，大约有十几条，在狭小的空间里不甘地游来游去，蓝得炫目。

张景俊已经将狼面具人五花大绑，他将狼面具人放倒在地后，看到蓝小朵异样的表情，于是皱着眉头开口：“真有奇怪的东西吗？”

“嗯。”蓝小朵点点头，摘下眼镜，“是一种蓝色的气体。”

张景俊接过眼镜戴上，看到这奇异的一幕，同样很吃惊。

张景俊把玩着手里的仪器，将之对准了空气里一缕蓝色气体，然后按下红色按钮。仪器扁嘴里涌出一股吸力，缓缓地将这缕气体吸进了玻璃瓶。

“我们暂且将这种仪器称为收集器。”张景俊关掉仪器开关，思索起来，“而这种收集器专门收集这种神秘的蓝色气体……只是这种气体是什么？”

“那柄匕首给我用用。”张景俊走到江岱川身边，撇撇嘴。

他接过江岱川递过来的匕首，一步一步走到地上的男人面前，蹲下去，嘴角上扬，露出小恶魔般的微笑："这位叔叔，能不能回答我几个问题？"

狼面具人蜷在地上，双手被绑在身后，双脚被捆死，动弹不得。他的小眼睛瞅了张景俊手里寒芒闪烁的匕首一眼之后，开始扭动身子，拼命挣扎。

"我不想伤害你啦，你只要回答我的问题就行。"张景俊嘿嘿笑，将匕首刀背贴着他鼻尖，一下一下地划起来。

狼面具人死死扭着头，却躲不开，他的额头渗出细密的汗水。他不再慌乱，相反他的双眼流露出愤怒，被这样一个男孩子拿着匕首威胁，是他无法忍受的耻辱。他的眼神冷冷的，怒视着张景俊。

"我只是按照命令行事，并不知道这是什么东西。"狼面具人的声音像闷雷一样，"我只负责收集它们。快放开我！"

张景俊收敛了笑容，紧皱的眉头让他看起来更像一个十恶不赦的小恶魔了："哦，是吗？"他手里的匕首移动到男人的左眼，好像他随时会毫不在意地刺进去。

狼面具人无视匕首，盯着他，一字一句地说："我说的都是真的，我只负责收集！"

张景俊收回匕首，五指绕动，匕首在他指尖旋转，像一只蝴蝶。

"信你。"他将匕首插在地上，将狼面具人扶正，使他能坐着靠着树，"但我依旧有几个问题。第一个问题，你有多少同伴？"

"谢谢。"狼面具人对张景俊的礼貌表示了谢意，然后回答，"不加我，有十五人。”

“你认识狗熊面具人吗？”张景俊问。

“没想到让他栽了的也是你们……”狼面具人稍微有点儿惊讶，他想了想说，“他跟我一样只负责收集。”

“哦，那猿猴面具人呢？”张景俊摸了摸鼻子。

狼面具人更加吃惊了，犹豫了下，还是回答：“他也收集，但他是队长。”

“队长……”张景俊琢磨了下这个词，“意思就是，他是老板喽？”

“可以这么说。”狼面具人说，“我们听他和白鸟的命令办事。”

“他是谁？白鸟又是谁？”

“不知道。”

“不知道？”张景俊皱起眉头，“你们一直戴着面具交流？”

“是。”狼面具人说，“从我们被委托了这个任务开始。”

“从什么时候开始？”

“你们开学。”

“这么说，你们一直跟着列车？”张景俊眉头皱得更紧了。

“是。”狼面具人点头，“我所知道的就这么多。”

张景俊沉默了下来，他的眼中闪过晦涩的光芒。

天空上的乌云散开了，但是太阳依旧被云层锁死了，迷离的白色光晕落到森林里，落到围在一起的五个人身上。张景俊站在前头，身子的轮廓被光线雕刻得十分突兀，他转过身看向蓝小朵他们四个，身后模糊的树影成为一片庞大的背景。

“接下来我们要怎么办？”他仿佛在问其他人，又仿佛自言自语。他笑起来，漂亮的眉毛像两把交叉的折刀，清清楚楚、明明白白跃在眉弓之上。

蓝小朵深蓝色的长发被随意绾起，耳鬓有蓝丝垂下，脸上写满了坚毅，双目灼灼，看向森林深处，仿佛看向了那隐藏在黑暗处的眼睛：“还能怎么办呢。”

半个钟头后。

蓝小朵和张景俊他们五个钻进了森林深处。

灌木丛里，狼面具人被扒了个精光，“穿上”了雨衣，他身子被绳子紧紧绑着，跟树藤捆在了一块儿，嘴巴更是被塞上了一个布团。虽然拼命咧着嘴，但他却发不出任何声音。

2

夜晚的森林陷入了仿佛能吞噬一切的黑暗里，林中一片寂静，时有鸟儿被什么东西惊动，“咕咕咕咕”地低叫。

一个黑衣人从树后闪了出来，他戴着面具，全身上下露出的唯有眼睛。他低头再次看了看手里的定位仪。这个定位仪记录着面具人的坐标位置。

上面闪动着十五个红点和一个绿点，其中红点代表他们这群面具人。这些点散落在定位仪荧光显示屏上，除了代表自己的那个，其余的红点有单独的，也有三三两两聚集在一起的，其中四个红点围绕着一个绿点，静静地占据着显示屏的右上角，十分显眼。

将定位仪装回裤袋，这个黑衣人就一头钻进了浓雾弥漫的黑暗里。

不多时，森林中某一处。

寂寥的空气里只有几道几不可闻的呼吸声。

“咔嚓！”踩断树枝的声音打破了宁静。

呼吸声一乱，然后紧接着消失，看得出，它们的主人屏住了气息。

稳健的脚步声越来越近，周围的空气仿佛都绷紧了。

一个尖细的仿佛鸭子般的声音在黑暗中响起：“是‘狼’？”

“是我。”狼面具人回答，声音十分低哑。他瞅向了声音的源处，那边的大树前站着一个模糊的黑影，隐隐约约戴着鸭子的面具。

“你的声音怎么了？”尖细的声音中夹杂着一丝疑惑。

“淋雨了。”狼面具人的话十分简洁。

“哦。”尖细的声音放低了。

“‘狼’，你任务完成了？”一个浑厚的声音问。

狼面具人偏着头看向另一棵树，那里靠着一个戴着老虎面具的人。

“是。”狼面具人从兜里掏出三个装满蓝色气体的玻璃瓶，抛了抛。三个瓶子飞起来，碰撞在一起发出“叮叮当当”的脆响，然后重新被他一一接住。

“还差十一人。”老虎沉声说了一句。

“他们真慢啊。”又有人发出了声音，是一个豹子面具人。

* * *

勇士小队出击

当我以为我的学校是这样的时候……
它其实是这样的……
警察叔叔快救我！
当我以为我的同学是这样的时候……
他们其实是这样的……
……

“别急。”站在豹子面具人旁边的是猪面具人，他这样安慰，“等他们来了，我们就可以领取报酬走人了不是？”说着，他瞅向了远处抬头望天的黑衣人。

这时，天上云层散开了一个缺口，月亮探出了半个脑袋。水银般的光倾泻而下，洒落到黑衣人的身上，他身材挺拔，沐浴在月光里，一身黑衣黑到极致，像是披着破碎的黑夜。

面具起伏着，月色光晕勾勒出一个猿猴的模样。

“没错，这是最后一次行动了。”他轻轻地说，转过脸看向狼面具人，“‘狼’，把你收集的气体给我。”

月光下，白木材质的猿猴面具莹莹发亮，面具下是一双毫无表情的眼睛，漆黑深邃如黑洞，吞噬着泻落的光芒。

“好。”狼面具人轻轻地应道，迈起脚步朝他走去。

一步，两步……

狼面具人走得不紧不慢，脚踩潮湿的地面，发出“嘎吱嘎吱”的声音。

突然“咚”的一声沉闷的声响，远处似乎有东西冲了过来。

是什么？在场的面具人紧张起来，循着声音瞅去，除了猿猴面具人和狼面具人。

声音快速地逼近，一个人影朝这里冲了过来。这是个男生，穿着迷彩服，戴着迷彩鸭舌帽。

“是学生！”野鸭面具人发出吃惊的叫声，身子腾地从树上弹起来，迎向他，问，“你是谁？”

男生不理会，途中猛地一改方向，朝一旁窜去。

野鸭面具人刚想去追，却听到前面的树林里响起更大的噪音。

昏暗的月光下，三道黑影疾驰而来，像三辆重型卡车。它们红着眼睛，喷着急促又愤怒的鼻息，粗壮的蹄子重重踏进泥土里。

野鸭面具人大惊失声："野猪！"

三头雄性野猪追丢了那个男生，见出现了更加奇怪的人，准备把怒火发泄到这些人身上。领头的野猪"哼哧"一声，猛地一蹬后蹄，亮出獠牙，狠狠撞向了野鸭面具人。

野鸭面具人拼命朝一旁闪去，十分惊险地躲过了野猪的长牙。

三步，四步……

狼面具人走进了月光的领地，像走进了流淌的瀑布里，头顶是溅起的月华，细细碎碎地闪耀着。

后面的野猪紧随而至，越过野鸭面具人，直冲向别的面具人。

老虎、豹子和猪面具人见野猪冲来，纷纷迎上去。老虎面具人身材十分壮硕，他凶悍的拳头重锤般落在野猪身上，砸得野猪一声惨叫。一旁的豹子面具人和猪面具人却是合作起来，一人拉着另一人的手，互相借力在野猪周围跳来跳去，每次还不忘给它一脚。

两头野猪一时间败下阵来。

眼看三头野猪就要被面具人解决。

突然，从男生跑来的方向又跑来两个人，这是两个女生，一个黄色鬈发，一个海藻般的长发绾在背后，她们同样穿着迷彩服，手里拎着几个水瓶，水瓶里装着淡黄色的液体。

之前跑掉的男生重新回来，他用打火机将水瓶瓶嘴伸出的布捻子点燃。火蛇腾地蹿了起来，他接过燃烧的火瓶，朝三个面具人掷去。

三人一惊，从野猪身边跳开，瓶子虽被他们躲过，但是却砸在他们脚下。

四溅的液体在疾驰中燃起，细小的火蛇朝三人身上蹿去，老虎面具人躲得快，可豹子面具人和猪面具人腿上却燃烧了起来。

老虎面具人大喝一声，用手铲起湿土往两人腿上泼去。这时，从火瓶流出的柴油已经洒了一地，几道火焰蹿起来熊熊燃烧，将老虎面具人他们跟猿猴面具人和狼面具人彻底分裂了开来。

两个女生从背后各自掏出两根火把，握紧，借着地上的火点燃。火焰绽放间，映出两人略微苍白的脸，但她们此时却一脸坚毅，露出无所畏惧的神色。男生直接捡起一根粗大的树枝，将前端点燃，挑衅地奔向老虎面具人。

五步，六步……

狼面具人走在银色月光里，身后是流窜晃动的火焰，炙金的火芒缠绕着他的影子，他像背着整个世界。

猿猴面具人静静地看着三个学生跟手下对峙，黑色的眼睛闪过一丝惊讶，他惊讶的是这几个学生怎么会知道他们休息的营地，更惊讶于他们的沉稳冷静、行动有序。

但也仅仅是惊讶了，因为他毫不担心这些孩子会打败自己的手下，他又继续看向狼面具人，然后他突然眯紧了眼。

他有点儿自嘲地摇摇头，不再倚着树，而是稍稍站直了。

“‘狼’。”猿猴面具人笑了，“哦，不，我应该怎么称呼你呢？”

七步，八步……

被识破了，狼面具人并不慌张，他继续稳健地走着。

“我只是一个学生，你可以喊我张景俊。”狼面具人低笑。

“哦，张景俊。”猿猴面具人轻轻地说，“你们不应该牵扯进来的。”

“不。”张景俊伸手扯掉了面具，将之丢到了地上，他拨了拨金子般的头发，眉毛像两道闪电，“我们不想牵扯进来，是你们给我们带来了困扰。”

“但我们没有伤害你们，不是吗？”猿猴面具人彻底站直了，他摊摊手，却给人无比绅士的感觉。

“你说没有就没有吗？难道伤害只是指身体上的伤害？”张景俊露出狡黠的笑容，露出的牙齿闪着光，这让他看起来像魔鬼，“在我看来，你们给我们带来的困扰，可比你所说的‘伤害’严重多了。”

“哦，是这样啊。”“猿猴”老友般地问，“然后呢，你觉得要怎么办？”

“然后，我们想抓住你。”张景俊从腰间缓缓抽出匕首，匕首的银柄有金丝跳跃，镂花刀刃反射着惨白的光芒，“我们要了解真相，我们对真相一直很在意。”

“这匕首是我请意大利的铸剑师傅打造的，虽然材质跟真品一样，但少了厚重的历史感。”“猿猴”也从腰间抽出一柄匕首。这匕首跟张景俊手里的一般无二，方一亮出，就涌出一股浓郁的腐朽气息。

张景俊手指晃动，匕首在手上绕来绕去，他没再说话，手腕用力，攥紧了匕首，与此同时，他脚下发力，朝猿猴面具人飞驰而去。

飞驰间，刀光闪烁，如一道惊人的电光。猿猴面具人同样从原地消失。

两道电光在半空中交织、碰撞、分离，再次碰撞，发出刺耳的噪音。

两人分别向一边跳开了。张景俊气喘吁吁，微倾着身子，手里的匕首刀刃坑坑洼洼，身上的衣服多处被挑开了。猿猴面具人呼吸同样有些急促，但是他手里的匕首依旧反射着幽幽的寒芒，衣服也完好无损。

猿猴面具人轻笑一声，突然一挥手，将匕首甩了出去。匕首深深插进一棵树的树干里。他活动了下手指，握了握拳头，摊摊手："这样对你公平一点儿。"

张景俊接受了他的"礼仪"，同样丢掉匕首，然后将身上破烂的黑衣撕扯掉，露出里面的迷彩服。

猿猴面具人比张景俊高了半个头，站在月光下，黑色的紧身衣凸显出他挺拔的身材，他轻轻迈开了步子。

周围猛地一静，猿猴面具人的身影突然消失了，他在这一刻终于展示出了惊人的移动速度。

张景俊脸色一变，猛地转身，朝着一个方向，抬起手臂抵挡。

一条腿出现在张景俊手臂前，晃了晃却又出现在他身下，猿猴面具人的脸显露了出来，膝盖一顶，顶了张景俊的肚子。

张景俊被顶向了半空，他忍着疼痛，收紧腹部的肌肉，努力避开猿猴面具人的另一腿，朝后翻身，狼狈地落在地上。

张景俊弯着腰用手抓紧地面，可还是在地上滑出了老远。

虽然张景俊身手不错，但仍然不是猿猴面具人的对手。他稳下了身子，皱起眉头，挑衅地瞅了对方一眼，就逃进了树林深处。

猿猴面具人并没有立马去追，他回头看了看身后，见那里的火焰因为柴油的消耗变得暗淡下来，火圈里的三个学生在三个面具人的攻势下节节败退。他知道要不了多久，这三个学生就会彻底被打败。于是不再停留，朝张景俊消失的方向追去。

猿猴面具人追过去的路上，眯起眼睛，琢磨起来，他知道这些人中，少了一个女生，可那个女生哪里去了呢？

双腿晃动，在月光里荡出残影，猿猴面具人双目闪过跃跃欲试的奇异光芒。

没多久，猿猴面具人放慢了脚步，不远处的空地里，张景俊站在那里等待着他。

他慢慢地走近，脚步谨慎。

“放心，没有陷阱。”张景俊的牙齿在月光下闪闪发亮，“不如我们谈一谈。”

“哦，好啊。”猿猴面具人的声音粗哑，带着笑意。

“听你之前的话，意思是……这是最后一次跟踪我们这些学生？”张景俊问。

“没错，我们需要的东西已经收集得差不多了。”猿猴面具人回答。

“列车之所以出现故障，也是你们搞的鬼？”张景俊眯起眼。

“嗯……这个怎么说呢？”猿猴面具人想了想，还是说，“算是吧。”

“既然你们以后不会再出现，那这样好了，你把蓝色气体的作用和收集它们的目的告诉我。”张景俊笑着说道，“我们就不把你们的事汇报给老师和学校，而且还会帮你们打掩护，行不行？”

猿猴面具人听了一愣，笑得极其古怪：“你的话我能相信吗？你们的老师早就从你们口中知道了吧。”

张景俊面露一丝尴尬：“不不，那是老师自己发现的。”

猿猴面具人笑得更大声了：“好吧，虽然我很想相信你，但是我决不会告诉你。”他不再笑，声音变得无比冰冷，“唯一麻烦的就是你们居然抓住了‘狼’，并按照他的定位仪找了过来。不过也没关系了，你们和那些老师知道气体的存在就知道吧，反正今天过后，你们会回到你们的列车上，继续当你们的学生，而我们会永远离开。所以，最后一件事——”

他重重地一踏地面，身子晃了晃，直奔张景俊而去：“就是把碍事的你们给解决了。”

他身子优雅地跃起，像一把寒芒毕露的利刃，刺破了散落在空气里的迷离光幕，稳稳地刺向了张景俊。他准备尽快解决这个勇敢的学生，结束这场由学生带来的荒唐的“反击”。

张景俊站在原地，并没有逃窜，他的眉头在这一刻深深地拧在了一起，他看着越来越近的铁锤似的拳头，看着对方的手臂紧绷如一截钢钻，猛地一声大喝：“蓝小朵！”

他突然趴在了地上，把脸埋进了泥土里。

猿猴面具人一惊，感到头顶呼啸一声，像是什么东西砸下来了。

他险而又险地避开了。

那黑色的东西是一枚拳头大小的弹丸，这弹丸从他身边射过，撞向了地面。

“嘭”的一声炸响。

一瞬间，红色的粉雾从炸裂的弹丸中疯狂涌出来，在地面上汇聚成一团浓郁的炙热红云。

刺鼻的气味弥漫开来，红色的粉尘随震荡波流动着，像流动的岩浆。

猿猴面具人终于乱了阵脚，猝不及防地吸入了大量的刺激性粉尘，这让他肺部一阵梗塞，嗓子火辣辣地疼。除此之外，他的眼睛也一阵酸涩，显然刚刚有四溅的粉尘钻了进去。

他暗道一声不好，只能强迫自己在半空翻身，踉踉跄跄地落地。他紧闭着眼，不停地咳嗽。

他想逃出红云笼罩的范围，但是一时间不知该往哪里走，只得捂住嘴巴，屏住呼吸，试图减少肺部的压力。

就在这时，他听到头顶又传来一道呼啸！

他下意识地睁眼去看，但是弥漫的粉尘当即往他眼里钻去，他不得不再次闭上眼。不过，他还是瞅见了一个从天坠落的身影，他知道这肯定就是那个女生了。

于是，他朝旁边一扑，滚到了别处。

蓝小朵拽着绳子，从树上荡下来。

她的双眼和鼻子上蒙住了黑色的布条，荧蓝色的长发悠悠扬扬地洒落，月光在蓝丝上流转，泛着迷离的蒙蒙白光。她像一只轻巧的鸟儿，像一个从天而降的天使，落进了这流淌的红色云雾里。

1

蓝小朵单脚点地，轻稳地踏在地面上，松开了绳子。周围无比安静，唯有粉尘细细碎碎洒落的轻响。她侧着耳朵，仿佛在捕捉周围的动静。

森林慢慢变得喧嚣起来，但是那些声音却显得无比有序和清晰。

地上的落叶堆里有簌簌爬动的声音，那是一些四处逃窜的昆虫。

张景俊从地上爬了起来，搅动了洒落的粉尘，他扯出布条，蒙住了双眼和鼻子。

猿猴面具人在另一个方向一动不动，可心脏却“怦怦”地跳动着。

蓝小朵循着声音，逼近了猿猴面具人，挥起了手里的瑞士军刀。她的脸被黑布遮住大半，看不清表情。

猿猴面具人听到了军刀划破空气的声音，他凭着往日的经验，摸索着，抄起地上的粗树枝迎上去。

下一刻，军刀跟树枝相撞，一股巨力从树枝上涌出，经过军刀，卸到蓝小朵的手腕上。

蓝小朵疼得咧起嘴，手腕一个不稳，差点儿松掉了军刀。

猿猴面具人趁势一个跨步，反握树枝，伸出另一只手就要去抓蓝小朵。

可蓝小朵早已用耳朵捕捉到了他的动作，她身子一扭，就从一旁绕了过去。猿猴面具人扑了个空，身子踉跄地朝前摔去……

蓝小朵一次次地潜到猿猴面具人的面前，挥起军刀劈砍。她的动作看似游刃有余，可心里却紧张得要命。她拼命压住自己的心跳，尽量引导着猿猴面具人走向这片空地的某个拐角。

蓝小朵知道，如果不是因为粉尘阻碍了猿猴面具人的视觉，如果不是粉尘让猿猴面具人身体不适，她恐怕早已被他抓住了。

她的额头开始冒汗，背后被汗水浸透。只凭听力，去对抗、去引诱一个成年人、一个身手厉害的面具人，实在是十分吃力的事。

好在，猿猴面具人终于被她引到了这个拐角。

她再一次从猿猴面具人的攻势下逃脱，朝远处跑去。她在红色迷雾里跃动，身子起起伏伏，蓝色长发向后飘扬，被她破开了的红色迷雾随着她的奔跑，又在她身后迅速汇聚，像缓缓流淌的鲜红油彩。

她扯掉自己眼前和鼻前的黑布，略显苍白的脸上表情倔强又坚毅，明亮的眼睛闪烁着振奋又紧张的光芒。

“张景俊！”她大喊一声。

紧接着，“哗啦”一声响。

蓝小朵身后响起猿猴面具人带着怒火的声音：“你使诈！”然后，就听到猿猴面具人再次吸入粉尘的剧烈咳嗽声。

张景俊将手里的尼龙绳紧紧绑在一棵树上，笑起来。他的笑声透过嘴前的黑布，显得十分得意。

红色迷雾里挣扎了一番，猿猴面具人沉默了下来。

“本来你有一个很好的选择，就是把你们的目的告诉我，我们互不干涉。”张景俊解开了脸上的黑布，丢在地上，“现在好了，你没了选择，我只能抓住你，把你交给老师们了。”

这时候，地面上翻滚的红雾已经消散了大半，空地里的事物再次慢慢显露了出来。

蓝小朵来到了张景俊的身边，跟他对视了一眼，就并肩走向猿猴面具人受困的地方。

猿猴面具人深陷大网里，悬在半空。这张网，是由十多根尼龙绳粗略编成的。之前，蓝小朵他们五个花了半天的时间，找到了很多同学，才把这些布置陷阱的绳子凑齐。

“你到底是谁？”蓝小朵擦了擦汗，大声质问道。

猿猴面具人看了她一眼，眼神闪烁着别样的光彩，继续沉默了一会儿，才开口说：“我是谁不重要。”

蓝小朵被他的话弄得方寸大乱，不知道该说什么好，她想上去扯下猿猴面具人的面具，但又害怕他反过来“控制”住她。

“嘿嘿。”张景俊看出了蓝小朵的意图，低笑一声，身子一动，突然闪向了猿猴面具人，他右手飞快地探进网眼，抓向了后者的面具，“看看不就知道了？”

张景俊的动作快如闪电，加上出手毫无征兆，即使猿猴面具人极力躲避，也没有躲开。

后者的眼中露出一丝赞赏，但是更多的是忧虑。可能他还是没有做好暴露身份的准备吧。

张景俊摸到了“猿猴”脸上的面具，他一咬牙，往下狠狠一拽。

猿猴面具人迎着张景俊的目光，平平静静地任面具掉下来。

这时，猿猴面具人突然一声闷喝：“‘白鸟’！”

如一道光刺破黑暗，如一道闪电划破苍穹，一个鬼魅般的人影从树上射下来。

人影俯冲到还没反应过来的蓝小朵背后，挥起一记手刀。

蓝小朵挣扎着扭过头，惨白的脸上闪过一丝震惊。她在晕过去前，看到这人影紫红色的头发如瀑布洒落。

一身黑色的风衣猎猎作响，人影弯起嘴角，下一刻来到愣怔的张景俊背后，也是一记手刀。

张景俊根本来不及阻止这个人影袭击蓝小朵，他也来不及躲避来自人影的袭击，因为他已经彻底愣住了。他扯掉了猿猴面具，看到了那个隐藏在面具后面的容貌。

张景俊怎么都没有想到，“猿猴”居然是他！

“哗……”

“哗……哗……”

是水流的声音。

周围蓝茫茫一片，仿佛置身在一片汪洋中，仿佛被冰水紧紧包裹，仿佛沉入幽幽的深海。

头顶闪烁着破碎的光亮，像天堂洒下的斑驳神光。

无穷无尽的寂静，无穷无尽的孤独。

蓝小朵感到窒息，感到恐惧，她张开嘴想大喊，却怎么都发不出声音。终于她扭动了下僵硬的身子，伸出手，朝上，朝上，努力向上伸，去触摸，拼命去触摸那温暖的光芒。

刺目的光芒。

蓝小朵刚一睁眼就再次眯紧了，她想抬手去遮挡，却发现手臂异常沉重。她扭着僵硬的脖子，偏头看向了一侧。

她看见了昏睡的张景俊和平安他们。

她再看向另一侧，看到了一双眼睛。这双眼波光流转，无情中带着妩媚，在白色的光芒下，泛着丝丝的寒意。

蓝小朵总觉得这双眼睛那么熟悉，她定定地想了一会儿，脑袋里突然一声霹雳。她瞪大了眼睛，一下子坐了起来。

这眼睛，她确实见过，这是她在车窗旁看到的那双诡异的眼睛！

而此时，这双眼睛的主人戴着白色的口罩，一头紫红色的长发高高绾起，精致的细眉弯了弯。

“你醒了啊。”她靠近了蓝小朵。

蓝小朵能闻到这人身上飘来的幽香，但此刻她已经彻底呆住了。她心里升起浓浓的恐惧，背后仿佛贴着森森寒冰。

突然，“唰”的一声。

一道寒芒从蓝小朵耳旁穿过，狠狠刺向这个人。

这人身子侧开，避过刺来的瑞士军刀。

军刀一顿，刀锋一转，斜着继续朝这人挥去。

这人蹙着秀眉，一点脚，便从蓝小朵身边跳开。

张景俊不知什么时候醒的，他收回军刀，冷冷地望着这个人：“您想干什么，文老师？”

“动作很犀利，不愧是我教的学生嘛。”这个人摘掉口罩，并没有因为张景俊的行为而动怒，相反，她抱着臂，眨了眨眼睛，又露出那招牌似的笑容。

怪不得自己一开始见到这双眼睛，就有一种熟悉的感觉。原来，它的主人是文老师。原来，白鸟面具人是文老师！蓝小朵终于反应过来。

这时，文老师身后的几个白衣人，注意到这边的动静，就立刻放下手里的东西，朝这里望来。

其中一个身材挺拔、眉目英俊的人，摘掉口罩，踩着皮鞋绅士般地走来，笑着说：“我可爱的学生啊，先收起锋利的刀子吧。想知道什么我都可以告诉你们。”

“是吗？”张景俊眼神依旧冰冷，他走下床，站到蓝小朵前面，手里的军刀却握紧了。

“首先，我要表示歉意。我让你们发现了不该发现的东西。”马老师一步步走来，他的皮鞋踩在地板上，发出“噔噔”的声音，“其次，我还要表示歉意，因为我们不得不隐瞒一切。”

他终于走到了张景俊的面前，笑着张开双臂，摊开了双手，把胸腹对准军刀，以示诚意：“现在，可以放下刀，和我谈一谈吗？”

张景俊反手将军刀甩向地板，刀子没进木质地板，发出“嗤”的一声响。

“马老师……文老师……这到底是怎么回事？”蓝小朵从床上下来，脸色仍因为震惊而苍白着，她思绪越发混乱起来，说着说着，泪水在眼眶里疯狂打转，身子紧跟着颤抖，“难道……奥尔多中学是……一个阴谋……这一切……信封里的邀请，我们的入学……难道都是安排好的吗……难道都是……”

蓝小朵感觉自己像一个泄气的皮球，一瞬间变得干瘪起来。她觉得心里像被掏空了，心里的斗志、激情、坚强、梦想……那些因为奥尔多中学带来的所有的一切都被掏空了。

她几乎耗尽了全身的力量，忍着眼泪喊：“这一切，都是假的吗？”

“蓝小朵同学，你冷静一下。”文老师叹了口气，目光中透着担心，想上前安慰她。

马老师却拦住了她，他代替文老师走上前，深深地朝蓝小朵鞠了一躬：“我们不是刻意隐瞒，我们之所以这样做是有理由的。但是，作为一名老师，我仍然十分内疚。”

张景俊突然握住了蓝小朵的手，他把手攥紧，再攥紧，试图把力量传递给蓝小朵。

蓝小朵呼出一口气，觉得自己不该这样对老师大喊大叫，于是站直了身子，同样朝马老师鞠了一躬：“马老师，对不起，我刚才……太激动了，我……”

“没关系。毕竟这是我们做得不对。”马老师打断了她的话，笑了笑，“现在就让我告诉你们真相吧。”说着，他向屋子中央的一个玻璃柜台走去。

“你没事吧？”张景俊有点儿担心地问蓝小朵。

“嗯，没事。”蓝小朵摇摇头，跟他一起朝马老师走去。

走近了，两人发现玻璃柜台其实是一个四方体的巨大玻璃“鱼缸”。

马老师戴上一副眼镜，也递给了两人各一副眼镜。

“鱼缸”四面闭合，壁上只有几条细细的透明导管，“鱼缸”里面灌满了荧蓝色的水。

哦，不！这些不是水，这些是稠密的蓝色气体！

在“鱼缸”里，蓝色气体缓慢地流淌。整个“鱼缸”被蓝色气体衬得如此梦幻，像一整颗巨大的蓝宝石。

“我们称它们为‘大地的馈赠’。”马老师仿佛陶醉在这柔柔的蓝光中，他的脸庞也变得蓝蒙蒙的，“它们是一种能源，一种新型能源。”

“能源？”戴着眼镜的蓝小朵和张景俊都吃了一惊。

马老师沉默着走到墙边，拉开了一个书本大小的内格。

那里面有个缩小版的“鱼缸”，“鱼缸”里有一缕蓝色气体，不过此时，那缕气体却在某种粉色气体的刺激下，释放出大量黄色的气体。黄色气体沿着“鱼缸”上的透明导线弯弯曲曲地灌进了墙壁，不知游向了何方。

“你们看着。”马老师按下了“鱼缸”上的某个按钮。“鱼缸”内部的隔板彻底将蓝色气体和粉色气体隔绝开来，黄色气体后继无力，开始消失。

突然，屋里的灯闪了闪。

黄色气体消失的一瞬间，屋子瞬间被黑暗淹没。

“这种能源，是一种新型的能源。”马老师重新按下按钮，使得光亮再次出现了，“这种能源特性奇特，能量异常充足，简直堪称完美，但是它们却十分罕见。”

他看向了蓝小朵和张景俊，凝重地说：“在早期的研究中，我们发现，这种能源只存在于人迹罕至的地方，并且令人头疼的是，它们往往在土地深处活动……”

“难道它们喜欢孩子？”张景俊皱着眉。

“对。”马老师点头，“早期，这种能源发现的案例，均表明它们十分亲近孩子，喜欢在孩子身边游荡。一旦有孩子出现在领地里，它们就会从土地里游出来。”

“这样说来，火车撞岩石事件是你们策划的了？”张景俊像是明白了什么。

马老师看着他，点点头："是，为了研究，需要收集足够的'大地的馈赠'，但是你们几个人太机灵了，我们几个老师在一起商量了下，决定制造一场意外，让你们滞留在森林的时间长一些。这样一来，我们不仅可以一举收集剩余的'大地的馈赠'，还可以提前解散面具人小队。所以，火车漏油事件是我命令面具人做的，是我让他们在车轨旁竖立了一块岩石……"

"原来是这样……所以……"蓝小朵的声音很小，好像是怕说大声了别人会听见，"所以，奥尔多中学也是人为制造的一个学校的假象吗……"

"不，不是这样的。"马老师看了看失落起来的蓝小朵，"我们创办奥尔多中学的目的绝不仅仅是为了'大地的馈赠'。我们之所以隐瞒你们，偷偷跟进，是因为我们不想带来不必要的麻烦，也不想让学生们怀疑老师和学校。而且偷偷跟着你们，还可以给你们提供帮助和保护，你们中的大多数人没有野外行动的经验，肯定会遇到很多解决不了的麻烦和危险。"

"例如野猪？"张景俊摊摊手。

"嗯，是的，诸如此类的危险……但是谁想到你们居然屡次发现我们的行踪。我们只能继续瞒着，甚至还让朱老师给我们放烟幕弹。"说着说着，马老师的声音突然变得严肃而响亮，刺眼的灯光下，他的身子显得异常高大，"收集'大地的馈赠'其实只是校方下达的一个研究课题，而奥尔多中学建立的真正目的，是为了勇于追求梦想和自由的孩子！更是为了来到奥尔多·乔薇丽亚号的你们！”

这话落在蓝小朵耳里，像是一道惊雷。

雷声带着无可匹敌的力量，击碎了她的猜测，击碎了她的难过，击碎了她心底涌出来的失落和自卑。

“所以，能原谅我们吗？”马老师笑起来，伸出两手，一手盖在了蓝小朵头顶，一手搭在了张景俊的肩头。

蓝小朵不知道怎么回事，一点头，眼泪就滑下来，于是她慌忙捂住眼睛。

张景俊叹了口气，无奈地耸耸肩：“老师您都说到这个份上了，我们还有什么可抱怨的呢？”

“谢谢你们的理解。”马老师由衷地表示感谢，郑重地说，“那么，为了避免不必要的麻烦，这件事，就成为我们之间的秘密吧。”

张景俊张开嘴刚想回答，就被身边的人抢先了。

“好哇！”蓝小朵放下了手，脸上虽然挂着眼泪，却笑容灿烂。是的，她笑了。

她站直了身子，抿着嘴，伸出手，勾起小手指：“老师跟学生之间的秘密，说定了哦！”

马老师也微笑着把手伸过去，但是刚伸到一半就愣在了那里。

他的表情突然变得极为滑稽：“对了，还有件事，就是——

你们把‘狼’藏在哪儿了？”

2

“立正！”

鞭子在半空荡过，扯起一串划破空气的裂音。

3 班全体学生双手贴近胯部，右脚跟往左脚跟猛地一靠，齐刷刷的动作有着非一般的韵律。

“稍息！”

文老师收起鞭子，一身红色皮衣惹人注目，半暴露在空气里的手臂如出水的玉藕。

学生们再次齐刷刷地朝前跨脚。

“下面是自由活动时间。”紫红色长发在狂风中飞扬，文老师抱着臂，微露皓齿，喝道，“解散！”

“是！”学生们异口同声地回应。

紧接着，队伍在列车车顶上分散开来。早晨的体能课，在奥尔多·乔薇丽亚号顶部的露天平台结束。

奥尔多·乔薇丽亚号一声低啸，沿着没入原野的黑色铁轨，突然加速起来。清晨的阳光不甚明亮，但是细碎的光洒在奥尔多·乔薇丽亚号上，像是给它披上了一层朦胧的白色长袍。

学生们三三两两地聚集到一起，或躺下来谈天说笑，或倚着围栏边窃窃私语，或互相追逐打闹。疾驰而过的大风扯动着女生们的长裙，空气里飘荡着清新而蠢蠢欲动的气息。

“我说啊！”江岱川将几人拉到一块儿，瞅了瞅周围，小声喊，

“那些面具怪人会不会还跟着我们啊？”

“对啊对啊！那天我们被面具怪人抓住，然后就被他们给打晕了，结果醒来就出现在朱老师的‘小超市’，你说怪不怪？”平安嘟着嘴，气哼哼地说。

“这个啊……”蓝小朵叉着腰，装作一脸疑惑，她眉头紧皱，白色长裙随风飘动，“是有点儿奇怪，会不会是老师将那些怪人赶走了呢？”

“真的是这样吗？”唐清树捂着裙子，整个人都快被狂风吹跑了，“我们当时醒来去问了老师，老师说是他们把面具怪人赶走了。可是你想啊，那些面具怪人一直都神出鬼没的，为什么刚抓住了我们，就被老师们给发现了呢？”

“啊……好像说得有点儿道理……这个……我觉得……”蓝小朵支支吾吾地说，脸上继续装出疑惑、惊讶和沉思的表情，心里却已经叫苦不迭了。

“这有什么好奇怪的？我们没事不就是最好的结局了吗？”张景俊耸耸肩，替蓝小朵解围。说完，他兀自一笑，突然拉住蓝小朵，朝后面车厢跑去。

“张景俊，你干什么？”蓝小朵被他突然的动作弄得不知所措，红着脸，有些生气地嚷着。

张景俊不回答，拉着她跑过一节又一节车厢。

江岱川三人也跟着跑起来，边跑边一起喊：“你们去哪儿，等等我们啊！”

张景俊回头看了看三人，狡黠一笑，毫不停留，反而加快了脚步。

蓝小朵觉得自己要被张景俊拉得飞起来了，她在风中奔跑，风托着她深蓝色的长发，悠悠扬扬地跳着舞。

张景俊一直拉着蓝小朵来到了 51 号车厢。他松开蓝小朵的手，按下了车顶拐角的一个按钮。

在一阵“咔咔”声中，车顶从中间裂开一个巨口，黑色的平台托着那架张景俊之前开来的滑翔机，缓缓升了出来。

平台上升到一定的高度后，平台边缘降下了黑色钢板，这使得它跟车顶连接了起来，形成一个狭长的简易跑道。张景俊跳到平台上，掀开了滑翔机的玻璃舱门，站了进去。

他转过身，朝着蓝小朵伸出手，风声扯碎了他的声音：“要去吗？”

周围的世界仿佛静止了下来，天上的白云，周围飞速掠过的景物，远处奔跑的平安、唐清树和江岱川，还有更远处玩闹的大家。

脚下的列车好像穿行在一片凝滞的时空里，只有它和张景俊在动。

蓝小朵看到张景俊匕首一样的眉毛微微挑了挑，看到他眉弓下那双眼睛闪烁着调皮的光芒，看到他咧开嘴露出一抹灿烂的白牙，看到他遥遥地向她伸出手……

他的手沐浴在阳光中，散发着蒙蒙的光亮，像御风飞翔的纸飞机，像悠悠飘下的降落伞，像一只舞动的白鹤。

他的手就这样，郑重地，再一次停在蓝小朵面前。

“要去吗？”他挑衅地笑，“机舱足够两个人哦。”

蓝小朵一跺脚，脸上腾地升起两团红晕，重重地哼了一声：“废话！”

红色滑翔机的机尾喷出一股强大的气流，接着机身猛地一颤，便滑下平台，在车顶上疾驰起来。

一声嗡鸣。

滑翔机仰起头，升入了天空。它在张景俊的操纵下笔直地冲上去，旋转如红色的火焰。

它翻身俯冲，背着太阳，迎着奥尔多·乔薇丽亚号冲去，飞行到尾部，又在刹那间折返，迅猛如鹰。

蓝小朵弯腰站在张景俊背后，她紧紧抓住他的衣服，额头渗出晶莹剔透的细密汗珠。

她透过透明舱门朝下望去。

奥尔多·乔薇丽亚号如一条银光灿灿的苍龙，飞速地游走在空旷的暗红色大地上。

奥尔多·乔薇丽亚号上有人朝滑翔机振臂欢呼。

江岱川、平安和唐清树站在那里，气急败坏地朝滑翔机大喊着什么。

一些学生出神而向往地望着天上；文老师红发飞扬，稳稳地抬起头，阳光照耀着她明媚有神的眼睛；朱老师肥肉乱颤，挺着大肚子刚通过悬梯登上车顶；马老师端着半杯红酒，高举着，朝蓝小朵和张景俊举杯致意。

红色的滑翔机蹿入高空，贴紧云层，彻底化成了一只火鸟。

云层翻卷滚动，延伸到无尽的远方。

在流淌的云层之下，距离列车不知多远的地方，蓝色长发披散的蓝妈妈落寞地站在窗边。她出神地望向远方，脸上印着斑驳的泪痕，目光哀伤至极。

“不是错觉，我早该想到了，那辆列车拥有‘大地的馈赠’……可是为什么？为什么让我有生之年再次见到‘大地的馈赠’？这是上天开的玩笑吗，还是注定的命运？我是该高兴吧，可是为什么，想到那个地方，我的心却这么难受。”

蓝妈妈暗自想着，脸上闪过一丝痛楚。她用左手紧紧捂住胸口，泪水却再次涌出，顺着脸颊“啪啪”地砸在地上。

她浑身无力，可右手却握紧了。

猫咪蹲在蓝妈妈脚旁，仰起头，“喵呜喵呜”地叫起来，它兴致盎然地盯着她右手里攥着的一个深蓝色海螺。

那枚海螺，像是应着蓝妈妈的心情，散发着蓝蓝的光亮。

良久，蓝妈妈深吸口气，重新看向了远方：“我相信这是命运。”

又是一道震天撼地的咆哮声。

奥尔多·乔薇丽亚号铆足了劲，“轰隆隆、轰隆隆”地迎着朝阳，撕开狂风，如一把无可匹敌的银白色利剑，刺向远方。

火红的滑翔机尾部发出一声爆鸣，张景俊再次加速，紧紧追赶着奥尔多·乔薇丽亚号。

机舱的舱盖不知何时被打开，张景俊站了起来，极力地压低身子，低低地笑。他的笑容天真无邪，笑声从身后蓝小朵的耳旁划过，又被气流吹远了。

蓝小朵深吸一口气，探出了头，阳光斜射而来，照得她双眼像融进了金子一般。

远方有什么啊？

散落的城镇、绵延的森林、奔腾的大河、蓝紫色的茫茫远山，以及更远更远的远方。

她的心突然颤动起来，她再次感受到那种解脱般的快感，再次感受到那种疯狂的悸动，她忍不住想大喊，她忍不住想大叫。

她紧紧地咬着唇，紧紧地憋住胸口的这口气。

但她还是没有憋住，她不得不张开嘴，完完全全、彻彻底底地喊了起来。

她的声音清脆而嘹亮，如一曲动人心魄的长歌。

这一刻，蓝小朵张开双臂。

她紧闭着眼不让自己哭出来，可泪水还是喷涌而出。

大地之上，有音符从奥尔多·乔薇丽亚号上，从它身体里的老唱片机里倾泻而出，飘飘扬扬地落进了空气里。

这是一首日语歌，名为“Only Human”（电视剧《一公升眼泪》的主题曲之一），原唱是男声，这一版为女声翻唱。

要去吗？
废话！
我依然在寻找那四季尽开的向日葵……
紧紧握住双拳,等待朝阳的升起……
向着更前方前进……

穿行而过的狂风揉碎了飘扬的歌词，将之繁星般洒落在黑色的铁轨上——

听说在那悲伤的彼岸，有着微笑的存在。

听说在那悲伤的彼岸，有着微笑的存在。

究竟好不容易到达的前方，有什么在等着我？

不是为了逃避，而是为了追寻梦想。

旅行已然开始，在那遥远夏天的那一日。

如果连明天都能看见，那么也便不会再叹息。

如同逆水行舟一般，如今正朝着前方前进。

听说悲伤的尽头，有幸福在等待。

我依然在寻找那四季尽开的向日葵。

紧紧握住双拳，等待朝阳的升起。

沿着红色的指痕，泪水闪动而下。

若是已习惯与孤独，就沐浴在月光中吧。

挥动已无羽毛的翅膀起飞，向着更前方前进。

当雨云消散，湿润的道路闪出光辉。

在黑暗的指引下，向着强烈的光芒坚强地往前走。

有效？

可以积分兑奖啊笨蛋！快剪！

此处积分剪下有效